Vagues de peur

Vagues de peur

Robert L. Stine

Traduit de l'anglais par
MARIE-ANDRÉE WARNANT-CÔTÉ

Les éditions
Héritage inc.

Données de catalogage avant publication (Canada)

Stine, R.L.

Vagues de peur

(Frissons ; 52)
Pour les jeunes de 10 à 14 ans.
Traduction de : I Saw You That Night!

ISBN : 2-7625-8133-8

I. Titre. II. Collection.

PZ23.S85Va 1995   j813'.54   C95-940710-3

I Saw You That Night!
Copyright © 1994 Robert L. Stine
Publié par Scholastic Inc., New York

Version française
© Les éditions Héritage inc. 1995
Tous droits réservés

Dépôts légaux : 2e trimestre 1995
Bibliothèque nationale du Québec
Bibliothèque nationale du Canada

ISBN : 2-7625-8133-8   Imprimé au Canada

LES ÉDITIONS HÉRITAGE INC.
300, rue Arran, Saint-Lambert (Québec) J4R 1K5
(514) 875-0327

FRISSONS™ est une marque de commerce des éditions Héritage inc.

Prologue

Rosalie colle son dos au mur et, du regard, essaie de percer les ténèbres.

De quelque part en bas, jaillit le cri furieux de la fille.

Puis Rosalie entend le claquement d'une gifle.

Rosalie lève les mains, comme si c'était elle qui venait d'être giflée.

En bas, la fille pousse un nouveau cri, sa colère laissant place à la peur.

Le garçon marmonne un juron.

Une autre gifle brutale retentit.

Le bruit du coup traverse le corps de Rosalie comme un choc électrique. Elle agrippe la rampe d'une main moite. Sa poitrine est oppressée. Elle se rend compte qu'elle a retenu sa respiration pendant tout ce temps.

« *Je dois m'en aller d'ici !* » se dit-elle.

Mais ses jambes tremblent trop pour qu'elle puisse marcher.

Elle entend d'autres cris de la fille et d'affreux grognements.

— Lâche-moi ! supplie la fille.

Rosalie presse son dos plus fort contre le mur. Elle voit qu'elle est à mi-chemin dans l'escalier. La porte d'entrée est juste au bout d'un petit vestibule.

« *Je dois bouger ! Je dois sortir de cette maison !* »

Mais pourra-t-elle passer devant le salon sans se faire voir ?

« Qu'est-ce que je fais ici ? » se demande Rosalie en tendant l'oreille. Tout ce qu'elle peut entendre à présent ce sont les halètements rauques de sa propre respiration.

« Pourquoi est-ce que je me cache dans cette maison ?

« Me suis-je vraiment introduite par effraction à cause d'un pari stupide ? »

Agrippant la rampe, elle descend sur la marche suivante, qui émet un léger craquement sous son poids.

Rosalie retient son souffle. L'ont-ils entendue ?

Non.

Rosalie entend un bruit sonore, d'autres grognements, des coups.

« Va-t-il la *tuer* ? »

Cette terrible pensée traverse son esprit.

« Vais-je assister à un meurtre ? »

Chapitre 1

— D'accord pour un petit pari ? demande Huguette Normandin en se penchant pour remonter ses socquettes blanches.

— Pas question ! réplique Rosalie Neveu en faisant tournoyer impatiemment sa raquette de tennis. Si je parie avec toi, tu ne me laisseras pas gagner une seule partie.

Elle lève la main pour protéger ses yeux du soleil.

— Allez, Huguette ! poursuit-elle, on n'a le court que pour une heure.

Huguette se redresse et lisse la jupe blanche de son ensemble de tennis. Ses courts cheveux blond blanc luisent au soleil. Ses yeux bleus pétillent. Elle fait glisser la visière de sa casquette sur son front et rajuste ses verres fumés.

— Un pari de cinq dollars, insiste-t-elle. Je jouerai face au soleil. Juste pour que ce soit intéressant.

— Quel sport ! marmonne Rosalie en levant les yeux au ciel. Pourquoi ne peut-on jamais jouer une partie amicale, détendue ?

— C'est ce que je veux, poursuit Huguette en s'avançant sur le court. Je veux jouer une partie amicale pour cinq dollars.

Elles éclatent de rire.

« C'est le sens de l'humour d'Huguette qui la sauve », pense Rosalie. « Sinon, je devrais la tuer ! »

Rosalie observe son amie qui se dirige de l'autre côté du filet. Huguette avance à longues enjambées gracieuses. Elle ressemble à une princesse des neiges scandinave, même sous ce chaud soleil.

Une ligne blanche de crème protectrice s'étend à l'arrière de l'une des longues jambes parfaites d'Huguette. À son arrivée sur le court, elle avait soigneusement étalé de la crème sur chaque centimètre carré de sa peau pâle.

— Je ne rougis pas, je m'enflamme, avait-elle dit en riant.

Rosalie a un teint foncé, les yeux et les cheveux bruns et une peau qui bronze facilement. Elle est petite, l'une des plus petites élèves de sa classe. Et elle a une allure garçonne.

— Je voudrais te ressembler, a-t-elle avoué à Huguette aux premières heures de leur amitié. Tu es une sorte de grand chien afghan gracieux, tandis que je suis un teckel à longs cheveux.

— Pourquoi nous compares-tu à des chiens ? s'était plainte Huguette.

Mais Rosalie s'était aperçue qu'Huguette était secrètement enchantée du compliment. Huguette adore les compliments.

« Elle aime être la plus belle », avait alors compris Rosalie. « Elle a tellement l'esprit de compétition. Elle veut être la meilleure en tout. Peut-être que c'est pour ça qu'Huguette m'a choisie pour amie. »

Mais une telle pensée est injuste. En dépit de sa volonté de toujours être gagnante, Huguette *est* une bonne amie. Elle est généreuse, compréhensive. C'est une confidente discrète, et elle a été là chaque fois que Rosalie a eu besoin d'elle.

— À toi le service, dit Huguette.

Elle rajuste la visière de sa casquette et se place en position d'attente.

Le premier service de Rosalie frappe le filet. Le deuxième également.

— Tu t'améliores, la taquine son amie. Encore deux ou trois essais et tu seras excellente !

Rosalie est déjà en sueur. La lumière du soleil se réverbère sur l'asphalte, donnant l'illusion qu'il miroite.

Huguette gagne facilement la première manche. Elle se déplace à peine, tandis que Rosalie s'avance, recule et se précipite d'un côté à l'autre du court.

Rosalie lève le bras pour faire le service mais, d'un mouvement de la main, Huguette lui demande de patienter. Elle court vers son grand sac de toile blanc et en sort une grosse bouteille en plastique d'eau Évian. Après en avoir bu une longue gorgée et s'en être aspergée le cou, Huguette revient se placer en position de jeu.

Elles recommencent à jouer et Rosalie change

de tactique, reprenant son célèbre revers à deux mains pour essayer de marquer quelques points.

— Hé! C'est mieux! s'écrie-t-elle lorsqu'elle réussit enfin à tromper la vigilance d'Huguette.

— Où est Thierry? demande celle-ci en lui envoyant une autre balle. Que fait-il cet été? Il flâne sur la plage?

— Il a commencé à travailler aujourd'hui, au magasin de son père.

— À la poissonnerie! Beurk! Thierry va sentir mauvais! s'exclame Huguette d'une voix dégoûtée.

— Il s'occupe des livraisons. Il ne sentira pas trop mauvais.

— Il te faudrait un nouvel amoureux. Thierry va puer. Chaque fois que tu l'embrasseras, tu auras l'impression d'embrasser un poisson mort.

Rosalie ne peut s'empêcher de rire.

Huguette n'aime pas Thierry. Elle se plaint toujours qu'il est trop bruyant, vulgaire et imbu de lui-même.

Rosalie croit qu'Huguette est un peu jalouse parce qu'elle n'a pas d'amoureux. C'est le seul domaine dans leurs vies où Rosalie a l'avantage, jusqu'à présent en tout cas.

— Vas-tu travailler cet été? demande Rosalie.

Elle frappe dans le vide et manque la balle de nouveau. Celle-ci rebondit contre la clôture avec un *clang* métallique.

— Je ne peux pas travailler, réplique Huguette. Je pourrais me casser un ongle.

Elles rient en même temps.

— Sérieusement, je vais travailler quelques matins par semaine à l'école. À l'administration, précise-t-elle.

— Que vas-tu faire ?

— Ils veulent informatiser tous leurs dossiers. Je les aiderai à faire la conversion. C'est ennuyant, mais je gagnerai six dollars de l'heure.

— J'irai peut-être te voir, dit Rosalie en prenant sa raquette à deux mains pour renvoyer la balle de toutes ses forces.

— Hors-jeu ! crie Huguette.

« Je *déteste* la façon dont elle crie ça ! » pense Rosalie. « Ça semble lui faire tellement plaisir. »

— Je prends un cours d'été, dit-elle tout haut.

— Quel cours ?

— Un cours d'anglais, bien sûr, dit Rosalie en levant les yeux au ciel. Je suis tellement nulle en anglais. J'ai vraiment besoin de suivre des cours supplémentaires.

Un coup de klaxon attire son attention. Elle se tourne et voit un groupe d'enfants s'entasser dans une fourgonnette. Elle leur fait signe de la main. Le conducteur klaxonne de nouveau, pour la saluer cette fois.

Ils vont à la plage. Essuyant la sueur sur son front, Rosalie souhaiterait soudain les accompagner.

Baie-des-Roches est un endroit isolé et ennuyeux en hiver. Mais, en été, vivre dans une ville située au bord de la mer, c'est merveilleux ! Pas besoin de partir en voyage pour pouvoir se baigner et prendre des bains de soleil; il n'y a qu'à se rendre jusqu'au bout de la rue Principale et descendre à la plage.

Bien sûr, la plage-aux-Dunes n'est pas la plus belle plage au monde. On y trouve des rochers et des galets autant que du sable, c'est pour ça que la ville s'appelle Baie-des-Roches.

Mais c'est un endroit de rencontre idéal pour les jeunes de toutes les villes environnantes, et aussi pour les jeunes dont les familles sont installées dans les villas louées et les petits hôtels et motels pour touristes qui encadrent la rue des Dunes. C'est également le lieu parfait où passer la journée lorsqu'on n'a pas d'emploi d'été. Le soir, la plage devient le cadre de rendez-vous romantiques. Les radios portatives diffusent tous les genres de musique. Les jeunes s'installent sur des couvertures ou autour de feux de camp pour s'amuser et faire la fête.

Rosalie adore Baie-des-Roches en été. Cela compense pour les journées grises et froides de l'hiver alors qu'elle souhaite vivre dans une grande ville, loin des vents glacials qui soufflent du fleuve.

— Peut-être qu'on devrait aller à la plage, suggère-t-elle à Huguette en épongeant de nouveau avec la manche de son t-shirt son front couvert de sueur.

— Pas question! réplique Huguette. L'eau est encore trop froide. Nous ne sommes qu'en juin. Je ne me baigne jamais avant la fin juillet.

— Qu'en dirais-tu, si on allait à la plage et que

je pariais cinq dollars avec toi que je plonge à l'eau avant que tu le fasses ? demande Rosalie en riant.

— Non, je ne m'engagerai pas dans un tel pari, parce que je le perdrais. Et je ne fais jamais de pari que je peux perdre.

« C'est certain ! » se dit Rosalie avec amertume.

Huguette lui renvoie la balle très haut par-dessus le filet. Rosalie commence à reculer tout en essayant de suivre des yeux la trajectoire de la balle dans la lumière éblouissante.

— Aïe !

Elle vient de se cogner le dos à la clôture métallique. La douleur lui traverse le bras. La raquette lui échappe des mains et tombe sur l'asphalte.

— Ça va ? demande Huguette.

Avant que Rosalie puisse répondre, un grand cri provenant de la rue derrière elle attire son attention.

Elle se retourne vivement et regarde à travers les mailles de la clôture.

Une fille à la chevelure rousse court vers elle en criant :

— Rosalie ! Hé ! Rosalie ! Aide-moi !

Rosalie reconnaît son amie Sandra Corbeil. Elle commence une phrase de salutation, mais les mots s'étranglent dans sa gorge lorsqu'elle voit Sandra plus clairement.

Les vêtements de son amie sont tachés de sang rouge clair.

— Rosalie, aide-moi ! crie Sandra.

Chapitre 2

Huguette lâche sa raquette et les deux joueuses de tennis courent vers la blessée.

— Sandra ! Qu'est-il arrivé ? demande Rosalie en franchissant la porte à la course.

— C'est Léo ! s'exclame Sandra. Il… Il…

— Il t'a *coupée* ? s'écrie nerveusement Huguette.

Rosalie met un bras réconfortant autour des épaules de Sandra.

— Qu'est-ce que Léo t'a fait ?

— Rien. Il… m'a dit que c'est fini, répond la jeune fille en baissant les yeux sur son pantalon et sa chemise maculés de sang.

Elle repousse ses mèches rousses d'une main nerveuse.

— Mais tu *saignes* ! s'exclame Rosalie.

— Je… je suis si stupide, balbutie Sandra. J'ai essayé de frapper Léo et je me suis coupé la main sur le bord de son bateau.

Elle lève la main, révélant une coupure de quelques centimètres de profondeur au poignet qui saigne encore légèrement.

— Il faut arrêter le saignement, dit Huguette, le regard devenu soupçonneux. Es-tu sûre que Léo ne t'a pas fait de mal? J'ai entendu dire qu'il a un tempérament assez violent.

— À qui le dis-tu? murmure Sandra en levant les yeux au ciel.

Elle examine sa blessure de près.

— Aïe! s'écrie-t-elle. Je ne peux pas croire que j'ai été aussi stupide. Je me suis moi-même fait cette coupure. Je visais Léo, mais il s'est penché, et mon bras a heurté une pale du moteur.

— Aïe! répète Rosalie avec sympathie. Mais Léo n'a-t-il pas vu que tu étais blessée? N'a-t-il pas offert de t'aider?

— Je ne le voulais pas, réplique vivement Sandra. J'étais absolument bouleversée et furieuse. J'ai quitté son hors-bord et j'ai couru sur le quai. J'étais en route vers chez moi quand je vous ai aperçues toutes les deux, et...

— On devrait peut-être t'emmener à la salle d'urgence. L'auto d'Huguette n'est pas loin, dit Rosalie en lorgnant en direction de la voiture blanche garée dans le terrain de stationnement.

— Tu dois me promettre de ne pas saigner dans mon auto, dit Huguette. Les banquettes sont blanches.

— Tu es une véritable amie, dit Sandra sarcastiquement.

Huguette fouille dans son sac et en sort un foulard blanc, qu'elle montre à Sandra.

— Voilà! Bandons ton poignet avec ça.

Quelques instants plus tard, le poignet de Sandra est fermement enserré dans le foulard. Rosalie ramasse les raquettes et elles s'entassent dans la petite voiture d'Huguette. Elles se rendent à l'hôpital situé dans la ville voisine.

Sandra est assise sur le siège avant à côté d'Huguette, qui jette régulièrement des coups d'œil au foulard sanglant en hochant la tête d'un air mécontent. Installée à l'arrière, Rosalie apprécie la fraîcheur du vent qui fait flotter sa chevelure comme un fanion.

Sandra dit quelque chose au sujet de Léo. Rosalie essaie d'entendre ce qu'elle raconte, malgré le grondement du vent sifflant à travers le toit ouvert. Mais les seuls mots qui lui parviennent sont:

— Je ne peux croire que ce soit fini entre Léo et moi.

Rosalie se met à penser à Léo Blume. Elle imagine son visage bronzé, son corps mince et athlétique, le regard de ses yeux sombres sous les mèches raides de ses cheveux noirs. «Il a des yeux expressifs», pense-t-elle.

Il a une mystérieuse cicatrice à la joue et porte un mince anneau d'argent à une oreille, ainsi qu'une casquette bleu et argent marquée du logo des Requins, qu'il n'enlève pratiquement jamais.

Il parle très doucement. Rosalie ne l'a jamais entendu crier. Elle ne se souvient pas de l'avoir jamais vu sourire non plus.

« Léo est vraiment très beau, dans le genre mélancolique et renfrogné », se dit-elle.

Fermant les yeux à la lumière crue du soleil et laissant le vent jouer dans ses cheveux tandis que la voiture roule le long des dunes, elle s'imagine en train de marcher sur la plage avec Léo.

Rosalie s'est sentie attirée par lui dès qu'il a commencé à fréquenter son école l'automne précédent. Elle ignore pourquoi. C'est peut-être son charme de beau ténébreux qui lui fait de l'effet ou bien c'est son calme, sa voix douce, ses regards pensifs.

Peut-être aussi est-ce tout simplement parce que Léo est nouveau, parce qu'il n'est pas l'un de ces garçons de Baie-des-Roches que Rosalie connaît depuis la maternelle.

Rosalie se souvient d'être allée trouver Léo près de son casier quelques jours après son arrivée à l'école. Elle lui avait offert de lui servir de guide pour une tournée de Baie-des-Roches. Ça lui avait pris tout son courage pour aller parler à Léo. Rosalie a toujours été plutôt timide avec les garçons.

Léo avait tourné vers elle ses yeux noirs.

— Hé! Merci, avait-il répondu sans sourire. Je t'appellerai.

Mais il ne l'avait jamais fait.

Puis Rosalie avait appris qu'il sortait avec Sandra.

Et en octobre, Rosalie était devenue la petite amie de Thierry.

Elle se rend compte soudain que Thierry est en quelque sorte le contraire de Léo. Il est grand, il est drôle et bruyant. Thierry n'est pas du genre mystérieux.

Bien qu'elle tienne à Thierry, Rosalie continue à penser à Léo de temps en temps. Et parfois, lorsqu'elle voit Sandra et Léo ensemble, elle doit lutter contre les assauts de la jalousie qui l'envahit.

À présent, la voix furieuse de Sandra interrompt les réflexions de Rosalie.

— Tout le monde croit qu'il est tellement tranquille. Personne n'a vu ses accès de colère comme moi je les ai vus.

« J'aimerais voir ses accès de colère », pense Rosalie. « J'aimerais vraiment apprendre à mieux connaître Léo Belleau. »

L'hôpital est en vue. Tandis qu'Huguette stationne sa voiture, Rosalie chasse ces pensées et s'apprête à aider son amie.

* * *

Deux jours plus tard, Rosalie se trouve nez à nez avec Léo.

C'est la fin de l'après-midi. Huguette et elle se promènent sur la plage, tenant leurs sandales à la main. Leurs pieds nus glissent sur les galets; l'eau froide vient lécher leurs chevilles.

Huguette porte un chemisier blanc noué à la taille par-dessus un bikini bleu pâle. Rosalie a mis un t-shirt blanc sans manches et des shorts.

— Comment va Sandra? demande Huguette.

— Bien, répond Rosalie en se penchant pour

ramasser un galet poli. Je lui ai parlé ce matin. Devine avec qui elle sort samedi soir? Bertrand Voyer.

Huguette éclate de rire, et ses yeux bleus brillent.

— Une fille occupée, commente-t-elle sèchement. Je suppose qu'elle a oublié Léo.

Au moment où elle prononce son nom, les deux filles lèvent les yeux vers le petit quai marquant la limite de l'espace réservé à la natation et aperçoivent Léo qui les regarde.

— Hé! Salut! crie Huguette en levant le bras pour lui faire un grand signe.

Léo ne sourit pas. Rosalie le voit rajuster sa casquette sur ses cheveux noirs tandis que les deux filles s'approchent de lui.

Le petit bateau jaune de Léo danse sur l'eau de l'autre côté du quai. Lors de ses promenades sur la plage, Rosalie a souvent vu Léo manœuvrer son rapide petit hors-bord, le faisant voler par-dessus les vagues, le conduisant à toute vitesse vers les eaux du large.

Rosalie s'est dit chaque fois que ça avait l'air vraiment amusant.

Thierry n'aime pas la plage. Il a la peau fragile des roux et craint toujours d'attraper des coups de soleil.

— Comment ça va? demande doucement Léo lorsque les deux filles grimpent sur le quai.

Les vieilles planches craquent sous leurs pas. Le quai tout entier danse sur l'eau. Rosalie étend les bras pour garder son équilibre.

— Belle journée, dit Huguette en lui adressant un chaleureux sourire.

— Ouais. Le fleuve est un peu agité, réplique Léo en montrant les vagues d'un mouvement de la main.

Rosalie essaie désespérément de trouver quelque chose à dire. Huguette est passée devant elle et agit comme si elle n'était même pas là.

« Tout à fait typique ! » se dit Rosalie avec amertume.

— Ton bateau est joli, dit Huguette. Il brille tellement. C'est du plastique ?

— Non, de la fibre de verre, explique Léo en rajustant sa casquette.

— Il est à toi ? demande encore Huguette.

— Mon père me l'a offert pour mon anniversaire.

— C'est formidable ! s'écrie Rosalie dans un effort désespéré pour se joindre à la conversation.

— Tu veux faire un tour ? offre Léo, les yeux rivés sur Huguette.

— Maintenant ?

— Ouais, bien sûr. J'allais justement naviguer.

Il saisit le cordage d'ancrage et tire le bateau près du quai.

Rosalie reste immobile. Léo ne l'a même pas regardée. Il a été incapable de détourner les yeux d'Huguette et de son bikini bleu pâle. L'invitation ne concerne-t-elle qu'Huguette ?

— Il y a de la place pour toi aussi, lui dit Léo, comme s'il lisait dans ses pensées.

— Merci.

Elle se sent rougir.

Des ombres noires passent soudain au-dessus du

petit quai, surprenant Rosalie. Elle s'accroupit, avant de se rendre compte qu'il s'agit des ombres de mouettes volant bas en direction de la plage.

Lorsqu'elle tourne la tête, elle aperçoit Léo qui la regarde fixement.

« Il doit penser que je suis complètement stupide ! » se dit-elle. « Je vais me jeter en bas du quai et me noyer. »

— Viens ! dit Léo. Allons faire un petit tour.

Il descend gracieusement dans son bateau, puis il aide les deux filles à y prendre place également. Huguette s'installe sur le siège du milieu. Ses yeux bleus brillent d'excitation. Rosalie se retrouve à l'arrière du hors-bord sur un siège mouillé. L'eau froide imbibe rapidement son short.

La coque s'enfonce sous leur poids, mais le moteur démarre facilement. Son grondement efface tous les autres bruits.

D'un élan brutal qui jette presque Rosalie en bas de son siège, le bateau s'éloigne du quai. L'eau s'agite furieusement de chaque côté du petit hors-bord qui fend les vagues à toute allure.

— Super ! crie Rosalie, agrippée fermement des deux mains à la coque.

La bruine éclabousse son visage, le vent tord sauvagement ses cheveux.

Huguette lui rend son sourire.

Au loin, la plage rapetisse à vue d'œil. Le soleil se couche derrière les falaises. Des goélands volent et font des piqués vers les vagues.

« C'est magnifique ! » se dit Rosalie tandis qu'ils foncent vers le large. Elle repousse ses mèches de cheveux pour que la bruine rafraîchisse son front. Les rayons rougeoyants du soleil couchant réfléchis par l'eau font rutiler les vagues comme de clairs rubis.

Léo tient sa casquette d'une main et pilote de l'autre. Au loin, deux voiliers apparaissent. La plage semble être à des kilomètres d'eux.

Rosalie observe Léo. Il regarde droit devant lui, les yeux à demi fermés. Elle reste bouche bée à la vue de ses bras bronzés. Elle ne s'était jamais rendu compte à quel point il est musclé. Il lui a toujours semblé mince et un peu fragile. Sans doute fait-il de la musculation.

Elle est encore en train d'examiner les bras de Léo lorsque le moteur cesse de gronder.

Le silence soudain est étonnant. On n'entend que le bruit des vagues heurtant la coque.

Elle ne comprend pas tout de suite que le moteur s'est arrêté.

— Que se passe-t-il, Léo ? demande Huguette avec un petit rire nerveux.

Il ne prend pas la peine de lui répondre et manipule des manettes.

Puis il se tourne vers elles, une expression préoccupée sur le visage.

— Il… il s'est étouffé, dit-il d'une voix tremblante. Le moteur est mort. Nous dérivons vers le large.

Chapitre 3

Une vague puissante frappe la coque, les poussant de côté. Le bateau tangue dangereusement.

Rosalie se tourne pour regarder la plage. Celle-ci paraît être à des dizaines de kilomètres de distance. Le soleil a commencé à disparaître derrière les sombres falaises. La noirceur s'étend sur le rivage.

— Ne peux-tu faire redémarrer le moteur ? demande Huguette, agrippée aux bords comme si elle tentait de stabiliser le bateau.

— Le moteur est complètement mort, répète Léo.

— Peut-être que quelqu'un peut nous apercevoir, suggère Rosalie, ses yeux scrutant l'horizon.

Les deux voiliers ont disparu. Le soleil continue à descendre et l'eau s'assombrit, comme si une couverture de ténèbres avait été posée dessus.

— Peut-être qu'on pourrait nous entendre, dit encore Rosalie.

Penchant la tête en arrière, elle commence à hurler à pleins poumons :

— Au secours ! Au secours !

Le vent paraît ramener ses paroles vers elle et les lui souffler au visage.

Elle s'arrête un instant... et se rend compte que Léo rit.

— Je t'ai bien eue! dit-il, les yeux brillants de malice.

C'est la première fois que Rosalie entend son rire. «Quel rire cruel!» se dit-elle.

— Tu veux dire...

Elle sent la rougeur lui monter aux joues. Elle s'est rendue complètement ridicule.

Et Léo apprécie grandement son embarras.

Espiègle, Huguette frappe le dos de Léo de ses deux poings.

— Idiot! crie-t-elle d'un ton enjoué. Tu aimes jouer des sales tours, hein?

— Ouais, répond-il, son sourire s'évanouissant et ses yeux redevenant soudainement sérieux. Je suis mauvais. Je suis vraiment méchant.

Une grosse vague secoue le bateau. Léo fait démarrer le moteur et dirige le bateau vers le rivage.

«Quelle blague stupide!» pense Rosalie, renfrognée. «Voilà une promenade en bateau que j'aimerais oublier.»

Mais quelques jours plus tard, lorsque les événements devinrent tout à fait inquiétants, elle se souvint du regard sérieux de Léo et de ses paroles:

«Je suis mauvais. Je suis vraiment méchant.»

Le lendemain matin, après son cours d'anglais,

Rosalie va voir Huguette au bureau de l'administration de l'école. Elle s'appuie sur le comptoir et salue son amie installée devant un ordinateur de l'autre côté.

Huguette a attaché ses cheveux avec un ruban bleu dont la teinte s'harmonise parfaitement à la couleur de ses yeux. Penchée sur le clavier, elle relève la tête et sourit à Rosalie.

— Quoi de neuf ? demande Huguette.

Rosalie regarde alentour. Huguette travaille seule. Elle voit que le bureau du directeur est éclairé, elle entend des voix de femmes à travers la porte.

— C'est leur heure de dîner, explique Huguette. D'habitude, on est trois à transcrire les dossiers. Elle ajoute en soupirant : Au moins, il fait gris, aujourd'hui. Je regrette moins la plage. Comment va ton cours d'anglais ?

Rosalie soupire à son tour.

— Toujours pareil.

Son regard se pose sur un dossier ouvert.

— Léo ? s'écrie-t-elle, surprise de la coïncidence. Tu as le dossier de Léo Belleau !

— Ouais. Je voulais juste… euh, trouver son adresse. Il habite dans la rue Alizé, pas très loin de la pinède.

Rosalie se rappelle leur promenade dans le petit hors-bord jaune de Léo. Ça avait été amusant jusqu'à ce qu'il leur fasse cette blague stupide. Elle se sent encore embarrassée d'avoir crié au secours de toutes ses forces.

— Pourquoi as-tu besoin de son adresse ? demande-t-elle à Huguette. Tu penses aller le voir ?

— Peut-être qu'il aimerait acheter des biscuits de guide, répond Huguette d'un ton badin.

— Tu n'es pas guide.

— Et alors ?

Elles éclatent de rire.

— Il t'intéresse aussi, hein, Rosalie !

Le ton est accusateur et tandis qu'Huguette la regarde fixement, Rosalie se sent rougir.

— Il est correct, dit-elle d'un ton qu'elle veut désinvolte, mais elle sent son visage devenir cramoisi.

— Que dirait Thierry de cet intérêt particulier que tu as pour Léo ? demande Huguette d'une voix chantante.

— Thierry et moi sommes allés au cinéma ensemble hier soir, dit Rosalie pour changer de sujet.

— Lui as-tu raconté que nous avons fait une promenade en bateau avec Léo ? la taquine Huguette.

Rosalie fait la grimace et répond :

— En fait, je n'en ai pas parlé.

— C'est parce que tu meurs de désir pour le corps de Léo, affirme Huguette en tapotant de ses ongles vernis rouge sang le dossier de Léo.

— Ne sois pas vulgaire.

— Et si je disais à Thierry que tu désires Léo ?

— Tu n'es pas drôle, Huguette.

— Mais si je le faisais ? la taquine son amie.

— Si tu le fais, je dirai à tout le monde que tu n'es pas une vraie blonde !

— Mais *je le suis*!

— Je le sais. Mais qui va-t-on croire? Moi!

Huguette examine attentivement les traits de son amie.

— Parfois, tu m'étonnes, Rosalie, dit-elle pensivement.

— C'est censé être un compliment?

Huguette s'appuie au dossier de sa chaise. Elles entendent des rires dans le bureau du directeur. Dehors, le ciel s'assombrit, annonçant un orage.

— Je te parie que je peux sortir avec Léo avant toi, dit-elle d'une voix basse proche d'un murmure.

Elle jette un regard de défi à Rosalie.

— Pas un autre pari, dit celle-ci en soupirant.

Secrètement, elle se dit: « Voici peut-être un pari que je pourrais gagner. »

Puis elle songe: « Ce pourrait être amusant d'essayer. »

Et puis elle pense: « Est-ce que je perds la tête? Je n'ai *jamais* gagné un pari contre Huguette. Jamais! »

— Pour que ce soit vraiment intéressant, parions cinquante dollars, propose Huguette, un sourire démoniaque aux lèvres qui lui fait des rides au coin des yeux.

— Quoi? Tu blagues? Pas question!

— Je vais te dire quelque chose, poursuit Huguette d'un ton excité, si tu sors avec lui avant moi, je te donnerai cinquante dollars, et je t'aiderai à apprendre l'anglais pendant tout le reste de l'été.

— Bien… voilà qui est tentant, dit Rosalie en riant.

Mais son rire s'évanouit vite.

— Attends une minute. Hé! Qu'est-ce qui me prend?

Huguette tapote le dossier de ses longs ongles vernis.

— Quel est le problème? demande-t-elle.

— Ce pourrait être le pari le plus court au monde, répond Rosalie en secouant la tête. Tu appelles Léo. Tu l'invites à une sortie. Il dit oui. Fin du pari. Cinquante dollars de moins dans mon compte en banque.

— C'est à peu près ainsi que je le vois, dit Huguette avec un sourire.

— Ce n'est pas juste! Tu es beaucoup moins timide que moi. Je ne peux pas l'appeler et l'inviter. Ce n'est pas mon genre.

— Bou-hou-hou! Laisse-moi trouver un mouchoir et nous allons pleurer ensemble toutes les deux.

Rosalie ignore la taquinerie de son amie. Elle réfléchit. Elle pense avoir une meilleure idée pour rendre le pari plus juste et plus intéressant.

— Rendons ce pari un peu plus difficile, suggère-t-elle.

— Plus difficile? répète Huguette, les yeux brillants. Tu veux dire que je devrai être bâillonnée et avoir les yeux bandés tout en ayant une main attachée dans le dos? Et je devrai parler uniquement en norvégien?

Rosalie secoue impatiemment la tête.

— Disons que celle qui gagne le pari sera celle qui sortira avec Léo et qui réussira… à se faire donner en cadeau sa fameuse casquette des Requins.

— Hein? demande Huguette en bondissant sur ses pieds. Il donnera *quoi*?

— Tu as très bien compris. De plus, la gagnante devra venir à l'école le lendemain, en portant la casquette des Requins de Léo.

Huguette n'y réfléchit pas longtemps.

— Ça me plaît, dit-elle avec un sourire. C'est entendu!

Elle se penche par-dessus le comptoir et serre la main de Rosalie pour sceller l'entente.

— Et que fais-tu de Thierry? demande-t-elle.

— Qu'est-ce qu'une sortie? répond Rosalie en haussant les épaules. Ce qu'il ignore ne peut lui faire de mal.

— Vrai! Bien, bonne chance.

— Hein? Tu me souhaites bonne chance?

— Ouais. Bonne chance pour trouver les cinquante dollars. Il te les faudra pour me payer mon dû la semaine prochaine au plus tard!

Rosalie éclate de rire.

Ça semble un simple pari. Un pari amusant fait entre amies.

Qui pourrait jamais deviner qu'il va mener Rosalie à un horrible meurtre?

Chapitre 4

— Pose-moi par terre ! Thierry, je suis sérieuse !
Thierry laisse éclater un rire machiavélique.

Rosalie secoue les jambes pour essayer de se libérer. Mais Thierry est trop fort. Il traverse la plage de galets en portant Rosalie dans ses bras. Puis il commence à la balancer au-dessus de l'eau, menaçant de l'y jeter.

— Pose-moi ! proteste Rosalie en riant.

Thierry se met plutôt à courir en levant haut les genoux.

— Oh ! crie-t-il lorsque des galets lisses et ronds glissent sous ses pieds.

Un peu plus loin, les galets font place à du sable. Thierry continue à courir jusqu'à ce qu'il ait de l'eau jusqu'à la taille.

— Lâche-moi, Thierry ! Immédiatement ! crie Rosalie.

— D'accord !

Avec un sourire diabolique, il la laisse tomber. Rosalie heurte durement l'eau. Thierry plonge.

Ils remontent tous deux en même temps, crachant et riant.

— C'est *glacial*! crie Rosalie.

Elle plonge, remonte vite et crache un jet d'eau dans le visage de Thierry.

— Hé! proteste-t-il.

Il l'asperge des deux mains.

— D'accord! Je me rends! crie-t-elle.

Elle entoure ses épaules de son bras et se laisse porter.

«Il y a des avantages à être petite et mince», se dit-elle.

Le brillant soleil fait scintiller les vagues. La brise est tiède. Derrière eux, la plage est pleine de baigneurs. Des ados ont entrepris une énergique et bruyante partie de volley-ball. D'autres essaient de faire de la planche à voile, même s'il n'y a presque pas de vent.

Elle lâche Thierry et se met à avancer à grands mouvements de bras pour se maintenir à la hauteur du garçon, dont la façon de nager l'a toujours fait rire. Il est si grand et ses mouvements ne sont pas synchronisés.

— Qu'y a-t-il de si drôle? demande-t-il en roulant sur le dos pour lui faire face. Je nage comme un poisson.

— Plutôt comme une baleine échouée sur le rivage!

Il la rejoint et, par jeu, lui enfonce la tête sous l'eau. Ils nagent encore un peu, puis ils luttent et s'arrosent l'un l'autre en revenant vers la plage.

Prenant une serviette, Rosalie se laisse tomber sur la grande couverture de plage qu'ils ont étendue près du quai. Elle s'essuie les cheveux, puis pose la serviette sur ses épaules.

Thierry reste debout, dégoulinant. Il lisse ses cheveux roux tout en regardant de loin la partie de volley-ball.

— Belle journée, hein? demande Rosalie en levant vers lui un visage souriant.

Elle est très heureuse. Thierry a été maussade dernièrement, probablement parce qu'il doit travailler tout l'été à la poissonnerie de son père. Et il déteste vraiment la plage.

Mais aujourd'hui ils s'amusent bien. C'est la première bonne journée qu'ils partagent depuis le début des grandes vacances.

— On se joint à la partie? demande Thierry en montrant les joueurs de volley-ball.

— Eh bien…

— Allons! Viens jouer, la presse Thierry en lui prenant les mains pour qu'elle se mette debout.

Elle se laisse tirer vers lui, mais libère vivement ses mains et regarde attentivement vers le quai, où elle vient d'apercevoir quelqu'un qu'elle reconnaît.

Oui! La grande et magnifique blonde en bikini blanc est Huguette. Elle se tient au bout du quai et parle à Léo.

« Je ne peux pas la laisser gagner le pari ! »

Cette pensée traverse le cerveau de Rosalie. Et,

32

avant même de se rendre compte de ce qu'elle fait, elle abandonne Thierry et court aussi vite qu'elle le peut sur la plage caillouteuse en direction du quai.

— Salut! Salut! crie-t-elle, ses pieds claquant sur les planches mouillées.

Huguette et Léo se tournent vers elle, une expression de surprise sur leur visage.

— Rosalie! s'écrie Huguette sans enthousiasme.

— Salut! répète Rosalie à bout de souffle.

Elle sourit à Léo et lui dit:

— Belle journée, hein?

Léo hoche la tête. Il porte une chemise d'un bleu délavé et des jeans coupés. Quelques mèches de cheveux noirs sortent de sous sa casquette des Requins.

«Il est beau!» se dit-elle. «Il est bronzé et magnifique. Je ne peux pas laisser Huguette gagner ce pari-ci. Non, je ne peux pas!

«Mais ai-je une petite chance? Il ne m'a pas dit un seul mot.»

Le petit hors-bord jaune danse à côté du quai.

— Léo et moi allions justement faire un tour de bateau, dit Huguette.

Elle se tourne vers Léo pour ajouter:

— Pas de blague, cette fois, d'accord?

— Peut-être, réplique-t-il, ses yeux noirs s'éclairant en regardant Huguette.

Huguette lance à Rosalie un sourire de triomphe, comme si elle proclamait déjà sa victoire.

Pendant un bref instant, Rosalie s'imagine en

train de pousser son amie en bas du quai, avant de monter dans le bateau avec Léo.

L'appel de Thierry interrompt sa rêverie.

— Hé! Qu'est-ce qui se passe?

Ils se tournent tous les trois pour voir Thierry avancer sur le quai en remontant son large maillot des deux mains.

— Connais-tu Thierry? demande Huguette à Léo. Il est le petit ami de Rosalie.

Rosalie serre les dents. Elle sait qu'Huguette a ajouté cette phrase exprès, pour s'assurer qu'elle n'aura aucune chance de gagner le pari.

Thierry vient se placer à côté de Rosalie et pose son bras sur ses épaules.

— Salut, les amis! dit-il joyeusement.

«Il agit comme si j'étais un objet dont il a pleine possession! Comme si j'étais son jouet ou son petit animal de compagnie!» pense Rosalie. Elle fait un pas de côté pour se libérer de son bras pesant.

Ils parlent un moment tous les quatre de leurs projets pour l'été. Rosalie continue de sourire à Léo, mais il ne paraît pas du tout faire attention à elle. Sous sa casquette des Requins, ses yeux sombres restent fixés sur Huguette.

— Léo et moi allions partir en bateau, mais il n'y a pas assez de place pour quatre, dit Huguette en faisant un mouvement du bras pour montrer le petit hors-bord, où il serait impossible en effet de prendre deux passagers supplémentaires.

— Désolé, ajoute Léo en haussant les épaules.

Il semble pressé d'embarquer.

« *C'est fini. J'ai déjà perdu !* » se dit Rosalie avec humeur.

— On pourrait peut-être faire quelque chose tous ensemble, ce soir, suggère-t-elle désespérément. Pourquoi pas un pique-nique sur la plage ?

Huguette a un étrange sourire pincé. Elle sait à quoi Rosalie veut en venir.

Léo secoue la tête d'un air renfrogné.

— Je ne peux pas, dit-il doucement. Je dois accompagner mes parents à une stupide soirée de bienfaisance.

— Dommage, murmure Rosalie en tâchant de ne pas montrer sa déception. Et demain soir ?

— Je ne sais pas, dit Léo en jetant un regard à Huguette. Je n'aime pas organiser mes activités trop longtemps à l'avance.

Rosalie se sent embarrassée. Elle sait qu'elle en fait trop, qu'elle est trop insistante.

Elle sent le regard de Thierry posé sur elle. Elle recule tandis que Léo descend dans son bateau avant d'aider Huguette à y prendre place. Elle voit les mains du garçon rester un peu plus longtemps que nécessaire sur les frêles épaules d'Huguette.

« *Non !* » se dit rageusement Rosalie. « *Non ! Non ! Non !*

« *Elle ne gagnera pas si facilement !*

« *Je ne la laisserai pas faire !* »

Huguette lève la tête et lui adresse un sourire.

Rosalie se détourne et se dirige vers la couverture, tout en réfléchissant furieusement.

Thierry presse le pas pour la suivre, ses pieds nus frappant les planches du quai.

— De quoi était-il question? demande-t-il.

Rosalie entend le moteur du hors-bord de Léo démarrer. Elle continue à marcher rapidement sans se retourner.

Thierry la rejoint.

— Pourquoi t'es-tu précipitée comme ça pour les rejoindre? demande-t-il d'un ton soupçonneux. Tu es partie comme une balle!

— Je... je voulais parler à Huguette.

— Mais tu ne l'as même pas *regardée*, proteste-t-il, ses yeux scrutant le visage de Rosalie.

— Ah! bon!

Elle n'écoute pas vraiment ce qu'il dit.

Elle vient d'avoir une idée qui lui fera gagner le pari.

— Pourquoi souris-tu? demande Thierry tandis qu'ils s'étendent sur la couverture.

— Pour rien, réplique-t-elle, perdue dans ses pensées.

C'est un tour dangereux, celui qu'elle vient d'imaginer. Un tour vraiment déloyal et sournois.

Elle sait qu'elle doit le faire.

Chapitre 5

Rosalie gare sa voiture dans la courbe et éteint les phares. Elle attend que ses yeux s'habituent à la noirceur.

Elle découvre qu'il n'y a aucun réverbère dans la rue Alizé.

Elle prend une profonde inspiration et sort de la voiture. Levant la tête, elle voit qu'il n'y a même pas la clarté de la lune pour guider ses pas. De sombres nuages bas obscurcissent le ciel.

Les nuages sont arrivés en fin d'après-midi. Juste avant le dîner, il a plu pendant environ vingt minutes. Puis la pluie a cessé abruptement, laissant l'air chaud et collant.

Rosalie s'approche de la maison qui est dans une totale obscurité. Pas même de lumière éclairant le porche. La maison s'élève lourdement au bout de l'allée, comme une grosse bête attendant sa proie.

Rosalie s'arrête au début de l'allée, puis s'approche de la boîte aux lettres, tentant de lire le numéro.

« Je ne veux pas m'introduire dans la mauvaise

maison », se dit-elle en souhaitant que son cœur cesse de battre si fort dans sa poitrine.

Le numéro sur la boîte est le 133. C'est le numéro indiqué dans le dossier de Léo, qu'elle a vu sur le bureau d'Huguette au service d'administration de l'école.

« Je suis au bon endroit. »

Elle examine la sombre maison.

« Bon, je suis prête à m'introduire par effraction dans la maison de Léo. »

Au moins, il disait la vérité au sujet d'une sortie avec ses parents. Les fenêtres noires prouvent qu'il n'y a personne à l'intérieur.

Le plan de Rosalie est simple : elle va entrer chez Léo, monter dans sa chambre, trouver sa casquette des Requins et s'en emparer.

La casquette *doit* être là. Les parents de Léo ne lui permettraient sûrement pas de la porter à une soirée de bienfaisance.

Demain matin, Rosalie portera la casquette pour aller à son cours d'anglais et ira parader devant Huguette. Elle racontera qu'elle a rencontré Léo après la soirée de bienfaisance, qu'elle l'a accompagné dans sa chambre… et qu'il lui a fait cadeau de la casquette.

Tandis qu'elle s'avance lentement dans l'allée de gravier menant à la maison, Rosalie saisit l'appareil photo qu'elle porte en bandoulière. Elle a l'intention de prendre quelques photos de la chambre de Léo.

Lorsqu'elle a eu cette idée, elle a ri aux éclats. Elle s'est imaginé l'expression de jalousie sur le visage d'Huguette lorsqu'elle lui montrera les photos prouvant qu'elle a bien été dans la chambre de Léo.

«Elle sera verte de jalousie!» se dit joyeusement Rosalie.

«Et pour une fois, *je* serai la gagnante. J'aurai les cinquante dollars et Huguette devra me donner des leçons d'anglais pendant tout le reste de l'été.»

Bien sûr, Rosalie sait qu'elle triche. Bien sûr, c'est injuste.

Et après?

Est-ce que c'est juste qu'Huguette soit grande et si belle? Est-ce que c'est juste qu'elle ait ces cheveux blonds magnifiques et ces étonnants yeux bleus?

Non! C'est injuste!

Rosalie avale sa salive avec difficulté en jetant un autre regard à la maison, noire sur un fond de ciel bleu noir. Ses chaussures crissent sur le gravier tandis qu'elle passe sous un vieil érable qui laisse tomber des gouttes d'eau glacée sur sa tête et sur ses épaules.

Elle s'arrête au bout de l'allée. Un petit perron de béton mène à la porte d'entrée en bois.

«Je sais qu'Huguette ne me croira pas», pense-t-elle en scrutant la porte fermée. «Je sais qu'elle courra questionner Léo.

«Et bien sûr, il niera que cette histoire est vraie.

« Mais je dirai à Huguette qu'il ment. Je dirai : Léo n'admettra pas qu'il était avec moi et qu'il m'a donné sa casquette parce qu'il veut sortir avec toi. Mais des photos ne mentent pas. Comment pourrais-je avoir des photos de sa chambre si je n'y suis pas allée avec lui ?

« Alors Huguette sera forcée de me croire.

« Et elle devra admettre que j'ai finalement gagné un de nos paris. »

Rosalie a tout prévu. Elle y a pensé pendant tout l'après-midi et le début de la soirée.

Se sent-elle coupable de tricher ?

Elle se rend compte que non, pas du tout.

Huguette est la personne avec l'esprit de compétition le plus développé qu'elle connaisse. Elle ferait *n'importe quoi* pour gagner. Alors pourquoi Rosalie ne l'imiterait-elle pas ?

Elle sent un frisson courir le long de son dos tandis qu'elle monte les trois marches menant à la porte d'entrée. Un long balai est appuyé contre le chambranle de la porte et Rosalie le fait presque tomber en cherchant à atteindre la poignée d'une main tremblante.

Elle rattrape le balai de justesse et en tombe presque à la renverse dans les marches d'entrée.

« *Calme-toi !* » se dit-elle en replaçant le balai. « *Il n'y a personne. Ça va être facile.* »

Facile ?

Est-elle vraiment en train de pénétrer par effraction dans une maison ?

Elle tourne la poignée et pousse.

La porte est verrouillée.

Elle fait un nouvel essai. La porte est bien verrouillée.

Des phares de voiture illuminent la pelouse, faisant briller l'herbe mouillée.

Rosalie saute en bas des marches et s'accroupit derrière un buisson. La voiture passe lentement, un air de rock and roll hurlant par ses vitres ouvertes.

Rosalie attend que la musique s'évanouisse au loin, puis elle se relève, les genoux tremblants.

— Finissons-en vite avant que j'aie une crise cardiaque, dit-elle entre ses dents.

« Peut-être que la porte arrière n'est pas verrouillée », pense-t-elle.

Elle court vers l'arrière de la maison. La porte du garage est ouverte, ne révélant que des ténèbres.

Rosalie imagine un chien noir bondissant hors du garage, lui sautant dessus, la renversant, les crocs saisissant sa gorge.

« J'ai trop d'imagination », se dit-elle.

Avoir trop d'imagination est dérangeant lorsqu'on s'apprête à entrer dans une maison complètement obscure.

Elle s'arrête en apercevant soudain une porte sur le mur de côté. Elle approche.

Un bloc de béton est posé sous une porte à la moustiquaire déchirée, derrière laquelle on devine une porte de bois.

Le vent fait frémir les arbres qui soupirent, semblant ordonner à Rosalie de s'en aller sur-le-champ. Le ciel bas s'assombrit encore.

Rosalie grimpe sur le bloc et tire à elle la porte-moustiquaire, qui craque bruyamment en s'ouvrant.

La main de Rosalie tremble tandis qu'elle tâtonne à la recherche de la poignée de la deuxième porte. Se rendant compte qu'elle retient son souffle, elle le laisse aller en un soupir silencieux.

La poignée tourne et la porte de bois s'ouvre facilement.

Les ténèbres accueillent Rosalie.

Elle avance rapidement à l'intérieur et referme la porte derrière elle.

« Je suis entrée », se dit-elle, le cœur battant. « Je suis dans la maison. »

Elle essaie de percer les ténèbres du regard pour voir la pièce dans laquelle elle est entrée.

« Je suis dans la maison de Léo.

« Je suis vraiment en train d'exécuter mon plan. »

Elle tend le bras… et étouffe un cri lorsque sa main touche quelque chose de mou et de filandreux, quelque chose de mouillé.

Des cheveux. Les cheveux de quelqu'un.

— Oooohhh !

Un long gémissement s'échappe de sa gorge. Sa main saisit les cheveux, les longs cheveux de fille.

« Il y a quelqu'un, ici, avec moi, dans les ténèbres », se dit Rosalie, terrifiée, en retirant sa main.

« Il y a quelqu'un. Il y a une morte. »

42

Chapitre 6

La main de Rosalie tâtonne sur le mur à la recherche d'un interrupteur.

Elle sait qu'elle ne devrait pas allumer.

Mais elle n'a pas le choix. Elle a touché les cheveux froids et poisseux. Il y a un corps à côté d'elle, immobile et silencieux.

— Oooohhh !

Un autre gémissement s'échappe de sa gorge. Un son qu'elle n'avait jamais émis auparavant.

Sa main trouve l'interrupteur. Elle allume.

Une lumière blafarde éclaire une pièce étroite. Elle comprend qu'elle se trouve dans une sorte de placard.

Rosalie se tourne vers le corps… et s'étouffe.

Les cheveux froids et poisseux pendent d'une vadrouille.

Avec un soupir de soulagement, elle éteint. Elle a eu le temps de voir qu'un couloir étroit mène vers l'avant de la maison. Rosalie l'emprunte à l'aveuglette, passant une main sur le mur pour garder son équilibre.

L'appareil photo ballottant sur sa poitrine lui semble soudain très lourd. Elle frissonne de nouveau en repensant aux poils humides et froids de la vadrouille.

Ses chaussures grincent sur le plancher de bois nu. Elle arrive près de l'escalier menant à l'étage. Posant la main sur la rampe, elle prend une profonde inspiration.

« Pourquoi n'ai-je pas emporté de lampe de poche ? se dit-elle.

« Tous les bons cambrioleurs emportent une lampe de poche, n'est-ce pas ?

« Rosalie, tu n'as pas des habitudes de professionnelle ! »

Elle jette un coup d'œil vers le haut de l'escalier. Une lucarne laisse filtrer une pâle lueur. Rosalie constate que l'escalier est raide et les marches, étroites.

« La chambre de Léo doit être à l'étage », se dit-elle.

Elle hésite à monter. Ses genoux fléchissent de faiblesse. Le sang bat à grands coups à ses tempes.

— Monte ! ordonne-t-elle à son corps.

Elle saisit la rampe d'une main et commence à monter les marches qui craquent.

L'appareil photo cogne contre la rampe, ce qui la fait sursauter. Elle le prend dans sa main et monte d'une traite le reste de l'escalier.

« Ça en vaudra la peine », se rassure-t-elle en s'arrêtant pour reprendre son souffle. « J'ai hâte de voir l'expression sur le visage d'Huguette quand je lui montrerai les photos de la chambre de Léo ! »

Il fait chaud et lourd à l'étage, malgré la fraîcheur de la soirée. La maison craque, gémit, et chaque bruit résonne clairement dans le silence.

Prenant une profonde inspiration, Rosalie quitte la partie éclairée par la lucarne et avance dans le couloir sombre. Elle s'arrête devant une porte et jette un coup d'œil dans la pièce.

Dans la faible lueur provenant de la fenêtre, Rosalie aperçoit un lit et une commode.

Oui ! C'est la chambre de Léo !

Elle entre et regarde par la fenêtre.

« Sa chambre est à l'arrière de la maison », se dit-elle. « Si j'allume, on ne verra pas la lumière de la rue. »

Soulagée, elle allume le plafonnier.

Dans la chambre illuminée, il y a un lit recouvert d'une courtepointe à l'aspect vieillot et des affiches de vedettes de basket-ball et de groupes *heavy metal* tapissent un mur.

Rosalie examine une bibliothèque remplie de livres et de magazines. Un modèle réduit de bateau semblable à celui de Léo est posé parmi un fouillis d'objets sur le dessus de la commode.

Un baladeur jaune repose sur le lit au milieu de cassettes. Dans un coin de la chambre sont entassés des vêtements sales.

« Où est la casquette ? » se demande-t-elle. « Où a-t-il caché sa casquette des Requins ? »

Ses yeux font rapidement le tour de la pièce. « Où est la casquette ? »

Elle examine les étagères de la bibliothèque. Pas de casquette des Requins. Elle se penche et fouille dans le tas de vêtements sales. Pas de casquette.

Son appareil photo cogne le plancher, lui rappelant qu'elle l'a apporté dans un but précis. Elle se relève et, forçant ses mains à cesser de trembler, prend plusieurs photos de la chambre.

Cette partie de la mission accomplie, elle referme l'appareil et reprend sa recherche de la casquette.

Sous le lit ? Non.

Sous l'oreiller ? Non.

Elle ouvre la porte du placard : des jeans, des t-shirts et des sweat-shirts sont entassés pêle-mêle.

Et sur la tablette du haut ?

Rosalie se lève sur la pointe des pieds et passe ses deux mains sur la tablette. La casquette est là !

Son cœur bat tandis qu'elle tourne la casquette en tous sens dans ses mains pour l'examiner.

LES FAUCONS. Voilà ce qui est inscrit en lettres argentées sur le devant de la casquette.

— Ahhh ! s'écrie Rosalie, furieuse.

Ce n'est pas la bonne casquette.

Elle la lance sur la tablette.

Lorsqu'elle referme la porte, elle respire à grands coups.

Où peut-elle bien être ? Où ?

Rosalie cherche sur le bureau, puis dans le bureau.

Où est-elle?

Elle est certaine que Léo ne la porte pas pour sa sortie de ce soir avec ses parents.

« Elle doit être quelque part ici », se dit-elle.

Elle recule pour se mettre dans l'embrasure de la porte. « Peut-être que je chercherai mieux si j'ai une vue différente », pense-t-elle.

Ses yeux font lentement le tour de la pièce. La casquette n'est pas sur le lit, ni dessous. Pas dans le placard. Pas sur les étagères. Pas...

— Oh!

Elle pousse un petit cri en entendant un bruit.

Un bruit qu'elle reconnaît aussitôt: la porte d'entrée vient de s'ouvrir en bas de l'escalier.

Son cœur semble bondir dans sa gorge. Elle ne peut plus avaler, ni respirer, ni bouger.

Figée dans la chambre de Léo, Rosalie entend des voix au rez-de-chaussée.

Et elle se rend compte qu'elle est prise au piège.

Chapitre 7

Malgré sa panique, Rosalie pense tout de même à éteindre dans la chambre.

Puis elle reste immobile dans l'embrasure de la porte, luttant contre les vagues de terreur froide qui l'assaillent.

Elle écoute.

Un garçon parle.

Léo ?

Pourquoi est-il rentré si tôt ?

Rosalie perd le souffle lorsqu'elle entend le cri furieux d'une fille. Un cri perçant. Elle ne reconnaît pas cette voix.

« Il faut que je sorte d'ici », se dit-elle. « Il faut que je *bouge !* »

Pourra-t-elle descendre l'escalier et sortir sans être vue ?

Elle fait un pas dans le couloir sombre, puis écoute attentivement. Où sont-ils ? Sont-ils à l'avant de la maison ? Sont-ils dans le salon ? Peuvent-ils l'entendre d'où ils sont ? La verront-ils passer ?

Rosalie fait un autre pas. Les planches craquent sous elle.

Elle s'arrête net.

«*Ils vont m'entendre !*»

Elle entend le garçon parler rapidement, d'une voix colérique. Elle n'est pas sûre que ce soit la voix de Léo. Il parle trop bas pour qu'elle puisse la reconnaître à coup sûr.

Le garçon parle d'un ton dur, juste un peu plus fort qu'un murmure. Puis Rosalie entend la fille répliquer brièvement. Elle ne saisit pas les paroles, mais elle peut en déduire qu'ils se disputent. Une dispute très vive.

Un pas prudent après l'autre, Rosalie réussit à se rendre jusqu'à l'escalier. Pressant son dos contre le mur longeant les marches, elle jette un coup d'œil en bas.

Le rez-de-chaussée baigne dans les ténèbres.

Pourquoi n'ont-ils pas allumé une lampe ? Pourquoi se disputent-ils dans le noir ?

La porte d'entrée est restée ouverte et n'est qu'à quelques pas du bas de l'escalier.

«Tout ce qu'il me reste à faire est de descendre l'escalier en courant et de bondir dehors. Et je serai libre !» se dit Rosalie.

— Lâche-moi ! hurle la fille.

Rosalie entend des bruits confus, des jurons furieux.

— *Lâche-moi ! M'entends-tu ? Je te dis de me lâcher !* crie la fille.

Rosalie est à mi-chemin dans l'escalier. Elle s'appuie à la rampe pour essayer d'alléger ses pas et ne pas faire crier les marches.

— Aïe ! crie la fille après un bruit de gifle retentissante.

Le garçon élève la voix, lui criant des injures.

Est-ce Léo ?

Rosalie ne saurait le dire.

Elle descend une autre marche. La porte d'entrée est si proche. Si proche.

L'appareil photo lui semble tout à coup peser une tonne contre sa poitrine. Ses jambes paraissent encore plus lourdes.

La fille vient de crier de nouveau.

Rosalie entend un bruit de verre cassé. Une lampe ou un vase s'est sans doute écrasé sur le plancher.

« Va-t-il la blesser ? »

Cette pensée terrifiante lui traverse l'esprit.

« Va-t-il vraiment lui faire du mal ? Va-t-il la tuer ?

« Non ! Pas question. Impossible.

« Pas Léo.

« Pas ici. Pas maintenant.

« Je ne vais pas rester ici dans cette maison sombre et assister à un meurtre... n'est-ce pas ? » se demande Rosalie, horrifiée.

« Je ne vais pas être témoin d'un horrible meurtre juste à cause d'un pari stupide... n'est-ce pas ? »

— *Lâche-moi !* hurle la fille, d'une voix tendue par la terreur.

D'autres bruits. Un autre éclatement de verre et le grincement d'un meuble qui racle le plancher.

Une autre gifle. Un autre cri terrifié, haut perché.

« Je m'en vais ! » se dit Rosalie en regardant fixement la porte ouverte. « Je vais courir en bas de l'escalier, passer la porte et me précipiter vers mon auto.

« Je vais m'enfuir d'ici !

« Je vais partir sans être vue. »

Elle emplit ses poumons d'une grande bouffée d'air.

Puis, saisissant son appareil photo d'une main et lâchant la rampe, elle commence à courir.

Chapitre 8

Rosalie garde les yeux rivés sur la porte tandis qu'elle dévale l'escalier.

« Encore quelques marches. Encore quelques marches et je serai dehors ! » s'encourage-t-elle.

Elle entend les voix coléreuses dans le salon, et puis un cri de surprise.

« Ils doivent m'entendre courir », se dit-elle.

Elle serre fermement l'appareil photo dans sa main et se force à aller plus vite.

La porte d'entrée paraît bouger, mais elle garde le regard fixé dessus.

Elle va à toute vitesse.

La dernière marche. Le vestibule d'entrée.

Ensuite, il ne restera plus que trois autres marches dehors vers la liberté. Plus que trois.

Elle doit d'abord dépasser le salon, à sa droite. Et puis ce sera la sortie et la noirceur de la nuit.

Elle jette un rapide coup d'œil dans le salon. Les lumières y sont éteintes. La pièce est noire comme la nuit.

— Oh !

Rosalie pousse un cri perçant au moment où le flash de l'appareil photo se déclenche. Une explosion de lumière blanche révèle les visages étonnés des deux personnes qui se disputent dans le salon.

Une fille avec des boucles blondes relevées sur la tête.

Et Léo.

Est-ce Léo ?

— Hé !… crie-t-il.

Mais Rosalie est dehors.

Elle court de toutes ses forces sur la pelouse. Elle court aveuglément. À bout de souffle, elle fouille ses poches à la recherche des clés de sa voiture.

L'éclair de lumière blanche continue à l'éblouir. Elle repense aux deux visages étonnés tandis qu'elle court. La fille terrifiée. Le garçon furieux.

Léo.

L'a-t-il vue lorsqu'elle est passée en courant ?

L'a-t-il reconnue ?

La poursuit-il ?

Chapitre 9

Le lendemain, un dimanche matin gris, humide et chaud, la sonnerie du téléphone sur la table de nuit réveille Rosalie.

Elle s'assied lentement dans son lit, pensant que la sonnerie fait partie d'un rêve. Les draps sont trempés de sueur. Le long t-shirt dans lequel elle a dormi est collé à son dos.

Elle repousse des mèches de cheveux sur son front, cligne les yeux et saisit le combiné.

— Allô? grince-t-elle dans l'appareil.

— Rosalie? C'est moi, Sandra.

— Hein? Sandra? Quelle heure est-il?

Rosalie essaie de lire l'heure à son réveil, mais elle n'arrive pas à bien voir.

— Euh… presque neuf heures, lui répond Sandra. Je te réveille?

— Ouais. Beurk! Qu'il fait chaud ici!

Les souvenirs de la veille lui reviennent brusquement à l'esprit. Rosalie frissonne malgré la chaleur.

Elle se revoit courant frénétiquement vers sa voiture. Après avoir trouvé ses clés d'une main tremblante, elle avait écrasé la pédale d'accélération, s'éloignant en hâte de la maison de Léo, sans jeter un seul regard en arrière.

En sécurité dans sa chambre, elle avait fait les cent pas pendant des heures, lui semblait-il.

«Dois-je appeler la police?» s'était-elle demandé. «La fille qui se disputait avec Léo est-elle réellement en danger?»

Plusieurs fois, Rosalie avait saisi le combiné et commencé à composer le numéro, mais chaque fois elle avait raccroché.

«Comment expliquer ce que je faisais dans cette maison?» se demandait-elle. «Je ne peux pas avouer à la police que je suis entrée par effraction. Comment expliquer alors que j'ai entendu la dispute?»

Elle avait décidé de croire qu'elle avait assisté à une discussion sans gravité, qu'il n'y avait rien de sérieux dans cette dispute et qu'il n'était pas nécessaire d'appeler la police.

Pas besoin de s'impliquer.

Ça ne la concernait pas.

Mais alors pourquoi ne pouvait-elle trouver le sommeil? Pourquoi ne se calmait-elle pas? Pourquoi revivait-elle encore et encore sa course vers la liberté?

«Et si Léo m'a vue? S'il m'a reconnue, que va-t-il m'arriver?» ne cessait-t-elle de se demander, la gorge serrée par l'angoisse.

« Et puis alors ?

« Si Léo me dit quelque chose, je nierai tout. Je ferai semblant de ne pas comprendre ce qu'il veut dire. Je lui dirai qu'il est fou. Que je n'étais même pas dans les environs de sa maison.

« Oui, c'est la meilleure méthode. Il ne peut pas *prouver* que j'étais là. De toute façon, il ne m'a probablement pas vue dans l'éblouissement de l'éclair du flash.

« Il est impossible qu'il m'ait reconnue. »

En se répétant plusieurs fois cette affirmation, Rosalie avait finalement réussi à se calmer. Elle tomba dans un sommeil agité.

Et maintenant, elle essaie de se réveiller complètement pour entendre ce que Sandra lui dit d'une voix nerveuse :

— Désolée de te réveiller, mais as-tu entendu la terrible nouvelle ?

— Hein ? Quelle terrible nouvelle ?

Un frisson glacé descend le long de son dos.

— Tu ne sais rien à propos d'Huguette ?

« *Non ! Pitié !* » pense-t-elle, soudain transie de peur. « *Pas Huguette ! Ce n'était pas Huguette qui se disputait avec Léo hier soir ! S'il vous plaît, ce n'était pas elle, n'est-ce pas ?* »

— Sandra, qu'est-il arrivé à Huguette ? demande-t-elle d'une voix tremblante.

Chapitre 10

— Huguette s'est blessée au dos, explique Sandra.

— Elle s'est *quoi*?

— Elle s'est blessée en essayant de faire de la planche à voile. Pour nous épater, elle voulait être la première à redresser sa voile. Tu connais Huguette! Elle a tiré trop fort. Elle a perdu l'équilibre et est tombée en bas de sa planche. Elle s'est étirée quelque chose dans le dos. On a dû la ramener chez elle en la portant avec beaucoup de précautions.

Rosalie est bien réveillée maintenant.

— Et tu m'as réveillée pour me raconter cet événement tragique? demande-t-elle d'un ton sarcastique.

— Bien, je croyais que tu serais intéressée à le savoir. Huguette est ta meilleure amie après tout.

— Oui, c'est vrai. Merci, Sandra, dit Rosalie en soupirant. J'appellerai Huguette pour prendre de ses nouvelles. À bientôt.

Rosalie raccroche, puis reste parfaitement immobile pour permettre aux battements de son cœur de ralentir. Tandis qu'elle s'extirpe de ses draps trempés et se lève, elle sent la frayeur glacée de la nuit précédente l'envahir à nouveau. « Je ne me calmerai pas. Je ne pourrai pas vivre normalement tant que je ne saurai pas ce qui est arrivé à cette fille dans la maison de Léo. »

Elle revêt un t-shirt bleu sans manches et des pantalons courts en denim, brosse ses cheveux et se dirige vers la cuisine.

— Bonjour !

Son père, en maillot de bain de style hawaiien est assis à la table de cuisine, le journal du dimanche étalé devant lui. Il délaisse ses bandes dessinées pour saluer sa fille.

Il est mince et jeune d'allure. C'est un bel homme avec des yeux bruns pétillants de la même couleur que ceux de Rosalie et d'épais cheveux bruns ondulés qu'il coiffe vers l'arrière.

— Où est maman ?

— À l'église. Au moins un membre de cette famille a des valeurs convenables, dit-il en replongeant dans son journal.

Rosalie ne réplique rien. Elle prend la section des informations locales et passe les grands titres en revue, sans trouver ce qu'elle cherche.

Elle va se servir une tasse de café.

— Il fait déjà chaud, dit-elle doucement en observant le ciel gris et bas par la fenêtre de la cuisine.

Monsieur Neveu grogne une vague réponse, puis il lève la tête et regarde sa fille plus attentivement.

— Tu bois du café, maintenant? Depuis quand aimes-tu le café? demande-t-il.

— J'aime ça de temps en temps, répond Rosalie en ajoutant beaucoup de lait dans sa tasse.

Elle allume la radio et cherche un poste où sont données les nouvelles.

— S'il te plaît, pas de musique tonitruante, supplie son père en levant les mains dans un geste de supplication. J'ai deux plaidoiries à préparer ce matin. J'ai besoin de calme.

— Je veux seulement écouter les nouvelles.

Il ferme à demi les yeux et lui jette un nouveau regard de curiosité.

— Les nouvelles? Toi? Es-tu possédée?

— Tu n'es pas drôle, dit-elle, sérieuse.

Elle monte le volume de la radio. Le lecteur de nouvelles parle de la température, puis annonce les grands titres.

— Prépare-toi un déjeuner. Ne prends pas juste du café, dit son père, avant de poursuivre sa lecture de la section Finances.

— Chut! J'écoute!

— Oh! excuse-moi! dit son père d'une voix forte.

— *Les policiers se dirigent vers les Dunes-du-Chasseur où le corps d'une adolescente aurait été trouvé.*

Rosalie en perd le souffle. La tasse lui échappe des mains et s'écrase sur le carrelage. Une mare de café s'étale autour de ses pieds nus.

— Hé! s'écrie monsieur Neveu, saisi.

— Chut!

Rosalie essaie d'entendre le reste de la nouvelle, mais son cœur bat trop fort. La voix du journaliste envahit ses oreilles comme une vague mugissante.

Elle ne réussit à capter que quelques bouts de phrases:

— ... *battue... blanche, seize ou dix-sept... tout habillée... blonde... chevelure bouclée... la police vient d'arriver sur la scène...*

Rosalie sait vaguement que son père est en train de lui parler, mais ses paroles sont couvertes par ses propres pensées horrifiées.

«Léo l'a tuée!» se dit-elle.

«Il l'a tuée et a transporté son corps dans les dunes.

«Il l'a tuée... et j'ai été témoin de son meurtre.

«Que se passe-t-il maintenant?

«Qu'est-ce que je fais?»

Chapitre 11

— Vas-tu éponger le café ou si tu vas t'y tremper les pieds toute la matinée? demande son père d'un air renfrogné.

— Oh! désolée!

Rosalie se penche pour ramasser les morceaux de porcelaine.

«Il faut que je réfléchisse», se dit-elle. «Il faut que je me fasse une idée claire de cette affaire.»

Elle a envie de tout raconter à son père, depuis le stupide pari avec Huguette jusqu'à l'horrible dispute dont elle a été témoin, en passant par son entrée par effraction chez Léo.

Après tout, son père est avocat. Il lui donnera de judicieux conseils; il lui dira si elle doit ou non aller rapporter ce qu'elle a vu à la police.

«*Bien sûr* que je dois aller à la police!» se dit Rosalie. «Mais que va-t-il m'arriver lorsqu'ils sauront que je suis entrée par effraction dans la maison?

«Ce n'est pas important. Ce qui est important,

c'est que Léo Belleau est un meurtrier. Il a assassiné cette pauvre fille terrifiée.

«Je dois le dire à la police! Je le *dois!*»

Les arguments tourbillonnent dans sa tête et l'étourdissent. Elle va chercher un rouleau de papier essuie-tout, se met à genoux et commence à éponger la mare de café.

«Léo m'a-t-il vue? se demande-t-elle pour la centième fois.

«Sait-il que c'est moi qui suis passée en courant?

«Je suis un témoin. *Un témoin!*

«Se vengera-t-il de moi ensuite?

« Qui me protégera contre lui?

«Il vaut mieux que je me taise. Il vaut mieux que je n'en parle à personne.

« Non, je ne peux garder ça en moi.»

Elle se relève pour jeter l'essuie-tout.

— Papa…

Elle lui fait face, le dos appuyé contre le comptoir de cuisine.

— Papa, j'ai quelque chose à te dire.

Il s'est levé de table. Tout en se grattant la poitrine, il se dirige vers la porte.

— Je vais faire du jogging avant de me mettre au travail. Veux-tu m'accompagner?

Rosalie soupire. Il n'a rien entendu.

— Non. À tout à l'heure! dit-elle.

Il quitte la pièce. Elle ne sait si elle est déçue ou soulagée. Par la fenêtre de la cuisine, elle le regarde

un moment faire ses exercices d'assouplissement.
Puis elle se détourne, indécise. Son estomac crie
famine, mais elle sait qu'elle ne pourra rien avaler.

«Je vais aller voir Huguette», décide-t-elle.
«Peut-être qu'elle pourra m'aider à prendre une
décision. Et puis Huguette doit connaître la vérité
au sujet de Léo.»

Rosalie va se chausser dans sa chambre. Tandis
qu'elle s'assied sur son lit pour lacer ses chaussures, son regard tombe sur l'appareil photo posé sur
sa commode.

Elle se souvient que le flash s'est déclenché
lorsqu'elle est passée devant le salon.

«Je dois avoir pris leur photo», se dit-elle.
«Est-ce possible que j'aie une photo du moment
précédant le meurtre?»

Saisie d'excitation, elle noue ses lacets avec des
mains tremblantes. Puis elle prend l'appareil et
rembobine le film avec grand soin.

Il y a une boutique offrant le service de développement de photos en une heure, mais est-elle ouverte
le dimanche? Il le faut!

Rosalie se précipite à l'extérieur, s'installe dans
sa voiture et dépose la bobine de film sur le siège
du passager.

Le trajet lui paraît interminable. Elle passe devant
la petite église où sa mère accomplit ses devoirs
religieux. Les portes en sont ouvertes. Des gens sortent. Rosalie ne ralentit pas pour voir sa mère.

Elle est dans la rue Principale, passablement encombrée pour un dimanche matin. Les passants sont des touristes en grande partie.

« On n'est pas encore en juillet, et la foule de l'été commence déjà à envahir la ville », songe-t-elle.

Le ciel est aussi gris que ses pensées. Ce n'est pas une journée de plage. C'est pour ça qu'ils sont tous au centre-ville.

Il n'y a pas de place pour stationner la voiture le long du trottoir. Elle doit aller dans le petit terrain de stationnement situé près du bureau de poste.

Elle saisit la bobine de film, claque sa portière et avance rapidement sur le trottoir. Une foule, composée surtout de jeunes, attend en file devant *La Grotte*, le petit restaurant sympathique où l'on sert le brunch du dimanche.

Rosalie croit entendre quelqu'un crier son nom, mais elle ne se retourne pas. La boutique où elle pourra faire développer ses photos n'est pas très loin.

Elle doit se frayer un chemin pour dépasser deux familles qui, plaisantant et riant, lui bloquent le passage sur le trottoir étroit.

Elle traverse une rue. La boutique est en vue. Est-elle ouverte ? Rosalie ne saurait le dire.

Elle presse le pas et est presque renversée par deux filles à bicyclette.

— Hé ! Roulez dans la rue ! leur crie-t-elle.

Elles ne font pas attention à elle et s'éloignent sans regarder en arrière.

Rosalie traverse la petite place du marché. Elle garde les yeux fixés sur la boutique.

Sois ouverte ! S'il te plaît, sois ouverte !

— Hé ! Rosalie !

La voix familière est juste derrière elle. Cette fois, elle ne peut faire semblant qu'elle n'a rien entendu. Elle se retourne, ennuyée.

— Oh ! salut, Thierry !

— Où vas-tu si tôt ? demande-t-il, surpris.

— Je… euh… me promène.

— Où étais-tu hier soir ? Je t'ai appelée. Il était assez tard.

— Oh ! nulle part ! Je me promenais.

« *C'est lamentable !* » se dit-elle. « *Pourquoi est-ce que je ne sais pas mentir ?* »

— Et toi, qu'est-ce que tu as fait ? demande-t-elle, soucieuse de changer de sujet.

— J'ai passé la soirée avec Raymond.

Rosalie fait la grimace. Elle n'aime pas Raymond Meilleur. Elle ne comprend pas pourquoi Thierry est tout le temps rendu chez ce garçon. Chaque fois que Thierry l'a invitée à y aller avec lui, elle a trouvé une bonne excuse pour s'esquiver.

Thierry jette un coup d'œil au ciel couvert.

— Pas tellement une journée de plage, hein ? Veux-tu aller au cinéma ?

— Je ne sais pas. Mes parents ont peut-être des projets pour la journée. Je n'en suis pas sûre.

Thierry lui jette un regard soupçonneux.

— Ça va, Rosalie ? Tu as l'air nerveuse.

— Ça va. Je dois y aller.

— Est-ce que je t'appelle plus tard ?

— Ouais, plus tard.

Elle se détourne et poursuit sa route.

La boutique est ouverte. Rosalie donne sa bobine de film à une jeune vendeuse qui lui dit de revenir une heure plus tard.

« Comment est-ce que je vais tuer le temps ? » se demande Rosalie.

Elle fait un peu de lèche-vitrines. Son estomac lui rappelle qu'elle n'a pas déjeuné. Mais les files d'attente devant les deux restaurants sont trop longues, et puis tout le monde est en couple ou en groupe.

La plage commence derrière une rangée de vieilles maisons cossues au bout de la rue. Une promenade sur la plage ferait agréablement passer le temps en attendant que les photos soient développées.

Mais le ciel s'est obscurci. Des nuages d'orage s'amassent au-dessus de sa tête.

Une cadillac rose, remplie d'adolescents rieurs, passe près d'elle.

Rosalie est amère en les regardant passer. Ils sont joyeux parce qu'ils n'ont aucune préoccupation en tête. Ils n'ont pas été témoins d'un meurtre. Ils n'occupent pas leur matinée du dimanche à attendre le développement de la photo d'un meurtrier.

S'apitoyant sur elle-même, elle se laisse tomber sur un banc public et se perd dans la contemplation de ses chaussures. Lorsqu'elle relève la tête, elle aperçoit un téléphone public.

Jetant un coup d'œil à sa montre, elle voit qu'il lui reste encore une demi-heure à attendre. Elle se lève et appelle Huguette.

C'est sa mère qui répond d'une voix impatiente.

— Il va falloir que tu rappelles, Rosalie, dit-elle. Huguette vient de prendre un décontractant musculaire, pour son dos. Tu as entendu parler de son accident, n'est-ce pas ? Eh bien, les médicaments la rendent somnolente. Elle est à moitié endormie et parle d'une façon incohérente.

— Vous voulez…

— Elle est sonnée. On dirait qu'elle bouge au ralenti. Je suppose que ces médicaments lui feront du bien, cependant.

— Je pourrais passer la voir quelques minutes.

— Non, il vaut mieux la laisser dormir. Pourquoi ne l'appellerais-tu pas ce soir ? Elle devrait avoir retrouvé ses esprits d'ici là.

Rosalie raccroche, déçue de n'avoir pu parler à son amie. Elle retourne à son banc et attend que l'heure s'achève. Elle essaie de ne pas penser à Léo et aux terribles bruits qu'elle a entendus chez lui la nuit dernière, mais elle ne réussit pas à les chasser de sa pensée.

À la boutique, cela prend un long moment avant que la vendeuse retrouve la bonne enveloppe. Les photos avaient été inscrites à un autre nom.

Rosalie tremble d'énervement tandis qu'elle

paie et prend l'enveloppe. Elle sort de la boutique et s'appuie contre le mur pour faire cesser son tremblement. La sueur perle à son front et coule sur ses joues.

« Ai-je leur photo ? » se demande-t-elle en ouvrant l'enveloppe jaune et blanche.

« Ai-je une photo du meurtrier ? »

D'une main tremblante, elle sort la pile de photos glacées, qu'elle passe rapidement en revue.

Chapitre 12

Rosalie regarde à peine les photos de ses parents, prises lors d'un souper dans la cour, et celles d'Huguette et de Sandra faisant des folies au Petit Forum, la patinoire de Baie-des-Roches.

Le dos pressé contre le mur de la boutique, elle examine attentivement les photos lorsqu'elle arrive à la première de la série prise dans la chambre de Léo. Cinq photos, toutes très floues. Mais c'est indéniablement la chambre de Léo. Elle reconnaît la bibliothèque encombrée, les affiches sur les murs et le modèle réduit de bateau posé sur la commode.

Et la sixième photo prise accidentellement en passant devant le salon ?

Elle la regarde attentivement, essayant de comprendre ce qu'elle a photographié.

Elle hoche la tête et, maussade, range les photos dans l'enveloppe lorsqu'elle se rend compte qu'elle est en train d'examiner avec infiniment d'attention les détails d'un plafonnier.

— Oh ! super ! Un stupide plafonnier. Quelle photo

compromettante! marmonne-t-elle entre ses dents.

Une pluie légère commence à tomber alors qu'elle arrive à sa voiture. Elle flanque les photos dans la boîte à gants, referme celle-ci et démarre.

— Et maintenant? se demande-t-elle tout haut.

Elle n'a pas envie de rentrer chez elle. Elle n'a pas envie de penser à Léo et à la victime, mais elle sait qu'elle *doit* y penser. Elle doit décider si elle parle ou non de cette affaire à quelqu'un.

Sortir de la ville n'est pas facile. La circulation est au ralenti à cause des promeneurs du dimanche. La pluie tombe de plus en plus fort.

Sans même s'en rendre compte, Rosalie dirige sa voiture vers les Dunes-du-Chasseur. La route à deux voies longe les dunes. De l'autre côté des dunes, les vagues lèchent régulièrement la plage rocailleuse.

Le ciel s'assombrit encore. Rosalie allume les phares.

«Quelle journée moche! Aussi moche que mon humeur», se dit Rosalie en conduisant sa voiture vers les collines qu'elle connaît si bien, les collines qui mènent à cet endroit appelé Dunes-du-Chasseur.

Elle ralentit sa voiture quand les phares illuminent un groupe de personnes rassemblées sur une dune. Le faisceau lumineux de ses phares éclaire le groupe à la façon d'un projecteur.

À travers le pare-brise embué, elle aperçoit des policiers en uniforme et leurs véhicules dont les gyrophares éblouissent par intermittence: rouge, noir, rouge, noir.

Elle stationne sa voiture au bord de la route et sort.

Rouge, noir, rouge, noir.

Les lumières tournoyantes l'appellent vers la dune.

Rouge, noir, rouge, noir.

Elle ne sent pas la pluie qui trempe sa tête, ses épaules, et dégouline sur son visage. Elle avance comme dans un rêve sanglant et sombre.

Rouge, noir, rouge, noir.

Elle se joint à la foule des spectateurs silencieux. Elle voit leurs visages tendus et entend des sanglots étouffés.

Et puis son regard se pose sur une forme noire étendue sur l'herbe mouillée.

Un sac. Un sac de plastique noir.

« On dirait un sac à ordures », se dit-elle. « Un long sac à ordures. »

Elle a un haut-le-cœur lorsqu'elle se rend compte qu'elle regarde un sac à cadavre. Le sac du cadavre de la fille.

Elle n'en aperçoit que des parties, sa vue étant bloquée par des policiers qui examinent le cadavre.

— Depuis combien de temps la police est-elle sur les lieux ? chuchote un spectateur.

— Un peu plus d'une heure, lui murmure-t-on en réponse. La pluie ralentit leur travail.

Rosalie presse une main sur sa bouche et attend que sa nausée s'apaise. Elle ferme les yeux, mais la vision du long sac à cadavre noir sur lequel crépite la pluie refuse de s'en aller.

Une pensée soudaine lui fait rouvrir les yeux.

« *Ce n'est pas la fille que j'ai vue.* »

La pensée fait bondir son cœur.

Elle essuie la pluie sur son visage et s'approche d'un pas pour essayer de mieux voir.

—Tu ne peux aller tout près, murmure quelqu'un derrière elle.

Rosalie fait un autre pas.

« *Ce n'est pas la fille que j'ai vue.* »

Cette pensée la réjouit.

« Pourquoi ai-je automatiquement pensé que la victime était la fille que j'ai vue chez Léo ? » se demande Rosalie.

« J'ai sauté aux conclusions.

« J'ai laissé mon imagination s'emballer.

« Il n'y a aucune raison de penser que c'est la même fille. Ça peut être n'importe quelle fille.

« Ce n'est pas parce que Léo se disputait avec une fille, qu'il l'a *tuée* ! J'étais folle de penser ça ! Folle ! »

Encore en transe, elle s'avance dans l'herbe mouillée. Ses jambes sont trempées.

Elle se rapproche des policiers penchés sur le sac à cadavre.

— Tu ne peux venir plus près, jeune fille, dit quelqu'un.

Ne tenant pas compte de l'avertissement, elle se glisse au milieu des policiers et regarde.

Elle écarquille les yeux pour voir dans le rouge, noir, rouge, noir.

Elle essaie de voir la morte, de voir son visage.

Puis le corps se met à bouger, et Rosalie ouvre la bouche pour lancer un hurlement d'horreur.

Chapitre 13

Des mains fortes saisissent Rosalie aux épaules.

— Jeune fille... s'il te plaît! dit une voix d'homme.

— La connais-tu? demande une voix de femme. Connais-tu la victime?

Rosalie ne quitte pas le corps des yeux. Elle comprend finalement que le corps n'a pas bougé tout seul. Un policier tirait le sac noir.

— Est-ce que ça va?

Les mains desserrent leur prise sur ses épaules.

— Oui. Oui, je suppose.

— La connais-tu? demande de nouveau la femme. Sais-tu qui elle est?

Rosalie frissonne et se détourne. Sous la pluie, les spectateurs ont un visage flou. Ils se cachent sous des parapluies noirs, semblables à des nuages d'orage placés juste au-dessus de leur tête.

Rosalie recule. Le policier commence à fermer le sac à cadavre.

«Pourquoi ai-je pensé qu'elle bougeait?» se

demande Rosalie. «Pourquoi est-ce que je me sens si bizarre, si totalement bizarre?»

Et puis un bras pâle glisse hors du sac.

Un bras blanc, sans vie.

Et tandis que le policier lutte pour replacer le bras, la tête de la victime glisse à son tour hors du sac.

Et Rosalie voit que cette tête est couverte de boucles blondes.

Alors elle recommence à hurler.

— Euh... papa, désolée de te déranger.

Rosalie passe la tête par l'entrebâillement de la porte du bureau.

Monsieur Neveu lève la tête.

— Rosalie, je t'ai dit que j'avais deux plaidoiries à préparer. Est-ce important?

— Oui, je crois que c'est très important.

Son père soupire.

— Ne pourrais-tu pas en discuter avec ta mère?

Rosalie ne peut cacher sa peine.

— Il faut vraiment que je te parle, papa. Désolée de te distraire de tes précieuses plaidoiries.

Il fronce les sourcils et lui fait signe de prendre place sur la chaise devant son bureau. Rosalie s'approche de la chaise, mais décide de rester debout et en agrippe fermement le dossier.

Monsieur Neveu jette son stylo sur une pile de papiers.

— Alors? Parle!

— As-tu entendu parler du meurtre d'hier soir ? Une ado dont on a retrouvé le corps dans les Dunes-du-Chasseur ?

Son père la regarde attentivement. Elle voit qu'il ne s'attendait pas à ce qu'elle aborde un sujet aussi sérieux.

— Oui, dit-il. J'ai rencontré Émile Cournoyer en faisant du jogging ce matin. Il m'en a parlé. La connaissais-tu ?

— Non. Elle ne venait pas à mon école. Du moins je ne l'y ai jamais vue. Mais… bien… Je crois que je sais peut-être qui l'a tuée.

— Hein ? Qu'est-ce que tu dis ?

Rosalie a préparé une façon de raconter ce dont elle a été témoin sans mentionner qu'elle s'est introduite dans la maison de Léo.

— Huguette et moi connaissons un garçon qui s'appelle Léo Belleau. Il a emménagé à Baie-des-Roches l'automne dernier.

Les yeux de son père sont rivés aux siens. Tout à coup, ses jambes sont faibles. Elle contourne la chaise et s'y assied.

— La nuit dernière, je suis passée devant chez Léo. Il vit dans la rue Alizée. J'ai eu l'idée d'aller lui dire bonjour. Et en m'approchant de la porte d'entrée, j'ai entendu une fille crier.

— La porte d'entrée était ouverte ?

— Oui, elle était ouverte. J'étais sur le perron et j'ai entendu une fille crier. Puis j'ai entendu la voix de Léo. La fille et lui se disputaient.

Monsieur Neveu prend quelques notes, puis la regarde pensivement.

— Ils se disputaient ou ils discutaient ?

— Ça a commencé par une discussion. Puis j'ai entendu la fille crier : « Lâche-moi ! » et le bruit d'un coup. Et elle a hurlé. Cette fois, avec de la peur dans la voix. Puis j'ai entendu les bruits d'une vraie bataille.

— Et qu'as-*tu* fait ? Les as-tu appelés ? As-tu essayé de les séparer ?

— Non, je… je me suis enfuie, dit Rosalie en baissant les yeux.

— Tu n'as pas pensé à appeler la police ?

Rosalie continue à éviter son regard.

— Non, j'avais peur et… et je ne savais pas si c'était une dispute sérieuse ou non.

Elle jette un regard à son père qui l'observe, les yeux rétrécis, les lèvres serrées.

— Je suppose que j'aurais dû faire quelque chose. Mais j'étais effrayée. Et je ne savais pas qu'il allait la *tuer* !

Sa voix se brise. Elle retient sa respiration, luttant pour ne pas éclater en sanglots.

— Pourquoi ne m'en as-tu rien dit en rentrant ?

— Tu es rentré très tard. Et je ne savais pas si je devais t'embêter avec cette histoire ou non. Je ne savais pas quoi faire. Puis, ce matin, quand j'ai entendu dire qu'ils avaient trouvé le corps d'une fille…

Monsieur Neveu se lève et vient poser sa main

sur la tête de Rosalie comme il le faisait lorsqu'elle était une fillette.

— Ça va, ma chouette ? demande-t-il doucement.

— Je suppose.

— Nous devons aller au poste de police. Il faut raconter ça au sergent-détective Allaire.

Rosalie hoche solennellement la tête.

Le poste de police est un petit édifice blanc d'un étage qui est situé près du bureau de poste.

Rosalie suit son père dans le terrain de stationnement boueux en penchant la tête sous la pluie.

Son père pousse une porte de bois et la tient ouverte pour elle. Ils entrent dans une pièce fortement éclairée. Un poste de radio à ondes courtes crépite au loin. Un jeune policier blond, assis à une table métallique, s'escrime à réussir un mot croisé.

Il lève la tête à l'approche de Rosalie et de son père.

— Salut, Neveu ! Comment ça va ? dit-il.

Tous les policiers de Baie-des-Roches connaissent le père de Rosalie. Il est l'avocat que les gens appellent pour régler leurs problèmes légaux.

— Je n'en suis pas sûr, Faucher. Est-ce qu'Allaire est là ? Rosalie et moi avons une histoire à lui raconter.

— Je vais voir.

Le policier Faucher décroche le téléphone, murmure quelque chose dans le micro et fait un signe de tête au père de Rosalie en disant :

— Allez à son bureau. Mais ne vous approchez pas trop près. Il est de mauvaise humeur et il pourrait mordre.

Rosalie suit son père dans le couloir étroit qui débouche sur une rangée de bureaux aux murs vitrés. Un grand homme au teint rougeaud et aux cheveux gris ondulés sort du bureau central.

— Hé ! Neveu ! dit-il d'une voix grave, sans sourire.

— Allaire, tu connais ma fille Rosalie, n'est-ce pas ?

Le sergent-détective hoche solennellement la tête. Ses yeux bleu pâle regardent fixement Rosalie. Il lui montre une paire de menottes.

— Rosalie, un de mes hommes va te faire la lecture de tes droits. Je t'arrête pour meurtre.

Chapitre 14

Rosalie en perd le souffle.

Les menottes dansent devant ses yeux.

— Allaire, ne te fatigues-tu jamais de cette vieille blague ? demande monsieur Neveu d'un ton irrité.

Le sergent-détective éclate de rire.

— Ça fonctionne toutes les fois. Je t'ai fait peur, hein, Rosalie ?

Elle réussit à lui adresser un demi-sourire. « Quelle blague stupide ! » se dit-elle amèrement. Ses jambes en tremblent encore.

— Nous, les policiers, nous avons bien le droit de rire de temps en temps.

Le sourire du sergent-détective s'évanouit et il ajoute :

— Ça a été une rude journée.

— C'est pour ça que nous sommes là, lui dit monsieur Neveu. Rosalie a peut-être une information pertinente à propos du meurtre de l'adolescente.

— Venez dans mon bureau, dit le sergent-détective d'une voix basse, très sérieux maintenant.

— Ils ont dit qu'ils iraient chercher Léo chez lui et qu'ils l'emmèneraient au poste de police pour le questionner, explique Rosalie.

— Oh! s'écrie Sandra.

Sa voix semble étonnée à l'autre bout du fil. Il y a un silence dense, puis Sandra reprend:

— Je savais que Léo avait un caractère violent, mais je n'aurais jamais pensé…

— J'ai dû leur raconter trois fois mon histoire, dit Rosalie en enroulant et déroulant nerveusement le fil du téléphone autour de son bras. Ils m'ont posé les mêmes questions plusieurs fois.

La brise entrant par la fenêtre ouverte de sa chambre est fraîche et humide.

— Les policiers m'ont promis qu'ils ne diraient pas à Léo que c'est moi qui l'ai dénoncé, ajoute Rosalie.

Elle sent le nœud se serrer dans son ventre. Toute la journée, elle a été incapable de se calmer. Même le fait de tout raconter à Sandra ne la délivre pas de l'angoisse.

— Ils ont promis qu'ils me tiendraient à l'écart de la suite de cette affaire.

— Mais, si Léo t'a vue t'enfuir de chez lui, il devinera que c'est toi qui l'as dénoncé. Il saura que tu es le témoin. Il pourrait se débarrasser de *toi* ensuite!

— Je te remercie de me remonter le moral, Sandra.

— Je veux seulement…

— Les policiers ne le lâcheront pas. Il a tué cette fille. Il est un meurtrier. Ils ne vont pas se contenter de lui poser quelques questions, puis le laisser rentrer chez lui. Ils vont l'arrêter et l'enfermer.

— Je le souhaite. As-tu raconté tout ça à Huguette ? Lui as-tu parlé ?

— J'ai appelé chez elle il y a quelques minutes. Sa mère m'a dit qu'elle dormait encore. Mais je suppose que son dos va mieux. Elle doit retourner travailler demain, j'irai la voir après mon cours d'anglais.

— Huguette sera surprise.

— Ouais, c'est le moins qu'on puisse dire. Elle ne pourra croire qu'on a parié de sortir avec un meurtrier.

— Elle ne pourra croire qu'elle a *perdu* un pari !

— On a perdu toutes les deux, dit Rosalie, sentant un frisson glacé passer dans son dos.

— As-tu vu la morte ? L'as-tu bien vue ? De quoi avait-elle l'air ?

— Elle était pâle, vraiment pâle.

Rosalie trouve Huguette à son poste au bureau de l'administration, le lendemain matin.

— Comment va ton dos ? lui demande-t-elle.

— Beaucoup mieux. Il est encore un peu raide mais, hier, je ne pouvais même pas marcher.

— Je t'ai appelée deux fois.

— Je sais. Je suis désolée de ne pas avoir pu te parler. Les médicaments étaient incroyables. J'étais assommée.

Rosalie regarde autour d'elle. Un garçon et une fille qui lui sont inconnus sont installés devant des ordinateurs un peu plus loin.

— Peux-tu sortir ? demande-t-elle à Huguette. Je dois te parler.

Son amie jette un coup d'œil à l'horloge murale. Il est presque onze heures trente.

— Je pourrais prendre un dîner hâtif, dit-elle en ouvrant un tiroir pour en sortir son sac à lunch.

Elle se lève et prévient ses collègues :

— Je serai de retour dans une demi-heure !

Les deux autres employés ne lèvent même pas la tête.

— Pourquoi cet air sérieux ? demande Huguette en examinant le visage de son amie.

— Tu verras.

Elles sortent et suivent un sentier passant à l'arrière de l'école et menant vers les dunes. Rosalie s'assied sur une roche plate à l'extrémité de la plage.

Bien que les nuages d'orage soient disparus, l'air est encore frisquet. Quelques baigneurs courageux sont étendus à l'autre bout de la plage, près du quai, mais la section où elles sont est déserte.

Huguette s'assied sur un rocher un peu plus loin et sort un contenant de yogourt de son sac à lunch.

Tandis qu'elle mange, Rosalie lui raconte toute l'histoire.

Huguette l'interrompt lorsqu'elle lui dit qu'elle s'est introduite dans la maison vide.

— Je ne peux pas y croire ! Tricheuse ! Je ne peux croire que mademoiselle Honnêteté de Baie-des-Roches ait triché pour un pari ! C'est ce que *moi* je ferais !

Elles éclatent de rire. Rosalie savait qu'Huguette ne lui en voudrait pas, mais comprendrait et apprécierait qu'une autre agisse ainsi par esprit de compétition.

Lorsque Rosalie a fini de raconter, Huguette s'écrie :

— Oh ! Rosalie, pauvre toi ! Tu as dû être terrifiée !

Elle bondit sur ses pieds et vient serrer son amie dans ses bras.

Rosalie est surprise par l'explosion d'émotion d'Huguette, qui est toujours si décontractée d'habitude. Elle lui en est reconnaissante aussi.

— Et tu ne sais pas si Léo t'a vue passer ? demande Huguette, qui s'écarte tout en continuant à tenir Rosalie par les épaules.

Celle-ci secoue la tête.

— Heureusement que la police l'a arrêté, dit Huguette en lâchant son amie. Quelle horrible histoire ! Je… je ne peux pas croire que j'ai fait une promenade de bateau avec lui la veille seulement. Toute seule avec lui.

— Sandra nous avait prévenues qu'il avait un caractère violent.

— Qui était la victime? L'as-tu reconnue? Qui était cette fille?

— Elle n'est pas de Baie-des-Roches, j'en suis sûre.

— Ça aurait pu être moi! Ou toi.

— Je sais.

— Ils gardent probablement Léo au centre de détention de Rochefort. Nous ne le verrons plus jamais.

Rosalie croise les bras sur sa poitrine, comme pour s'en faire une protection, et regarde au loin.

— Oh! je suis en retard! s'écrie Huguette en vérifiant l'heure à sa montre. Je dois partir. Ça va aller, hein?

Elle presse la main de Rosalie.

— Ouais, je suppose, répond celle-ci.

— Je t'appellerai tout à l'heure.

Huguette grimpe sur la dune et s'éloigne rapidement vers l'école.

Rosalie s'étend sur la roche. Elle observe deux goélands se disputer un morceau d'algue.

Elle se sent plus calme. Huguette a été compréhensive et chaleureuse. Ça aide d'avoir une si bonne amie.

Une ombre passe soudain sur Rosalie. L'air semble devenir plus froid.

Elle lève la tête pour voir ce qui cache le soleil et aperçoit Léo.

Il est dressé sur le rocher, les mains sur ses hanches, son t-shirt bleu flottant dans le vent.

Il la regarde de haut, les yeux à demi fermés. Ses cheveux noirs cachent son front. Un rayon de soleil fait étinceler le petit anneau d'argent pendant à son oreille.

Rosalie en perd le souffle.

Pourquoi n'est-il pas en prison ? Pourquoi la police l'a-t-elle libéré ?

Depuis combien de temps se tient-il là ? A-t-il entendu sa conversation avec Huguette ?

Figée par la surprise, prisonnière des ténèbres de son ombre, elle l'observe tandis qu'un étrange sourire se forme lentement sur ses lèvres.

— Rosalie, souffle Léo, je t'ai vue.

Chapitre 15

— Je t'ai vue, répète Léo en descendant vers elle.

Rosalie bondit sur ses pieds.

L'étrange sourire demeure sur ses lèvres, mais son regard est sérieux, mortellement sérieux.

Une vague de panique déferle sur Rosalie. Ses yeux cherchent une voie de fuite.

— Je t'ai vue ce matin sur le chemin de l'école. Ne m'as-tu pas entendu t'appeler?

«Il essaie de me faire peur», se dit Rosalie.

«Il m'a vue chez lui, samedi soir. À présent, il me tourmente, me torture.

«Ou dirait-il la vérité?»

Elle lui jette un regard prudent pour essayer de déchiffrer l'expression sur son visage. Quelles pensées se cachent derrière ces yeux froids?

— Je ne t'ai pas entendu m'appeler, réussit-elle à dire.

— Tu prends des cours d'été?

— Ouais, des cours d'anglais.

«Pourquoi est-il ici? Que veut-il? Que signifie cet étrange sourire collé sur sa face?»

Il repousse ses cheveux sous sa casquette. Son sourire s'évanouit enfin.

— Est-ce qu'Huguette prend aussi des cours d'été? demande-t-il en ramassant un galet. Est-ce pour ça qu'elle est partie si vite?

«Ainsi, il nous a vues», pense Rosalie qui sent un frisson glacé descendre le long de son dos. «Il nous a vues parler. A-t-il entendu notre conversation?

«Savait-il ce que je racontais à Huguette, sans avoir à l'entendre?»

— Huguette travaille, dit-elle brusquement. Je... je dois y aller. Je suis en retard.

«Va-t-il me laisser partir?

«Va-t-il m'empoigner, maintenant? Va-t-il me tuer, moi aussi?»

Les yeux de Léo se ferment à demi. Avant que Rosalie puisse reculer, il avance sa main vers sa gorge.

Chapitre 16

— Tu as un joli pendentif, dit-il, le visage sans expression.

Il prend le pendentif en forme de cœur que Rosalie porte autour du cou et l'examine de près.

— Il est très délicat, ajoute-t-il, en même temps qu'il le tire d'un petit coup juste assez brusque pour inquiéter Rosalie.

Il lâche le bijou et plante son regard dans celui de Rosalie.

Un frisson glacé la traverse. «Il joue un jeu cruel», se dit-elle.

«Il essaie vraiment de m'effrayer.

«Et il réussit très bien.»

— Je dois m'en aller, répète-t-elle d'une petite voix qu'elle ne reconnaît pas.

— Je te retrouverai une autre fois.

Tandis que Rosalie se dépêche de s'éloigner en trébuchant sur la dune rocailleuse, elle sent le regard du garçon peser sur elle.

— Alors pourquoi la police l'a-t-elle relâché? demande Rosalie.

Monsieur Neveu prend une serviette de table et la dépose sur ses genoux.

— Ne pourrait-on avoir un repas plaisant? demande la mère de Rosalie en lui passant le plat de poulet. Ne pouvez-vous en parler plus tard?

— Non, maintenant! insiste Rosalie en se servant une portion de poulet.

— Est-ce du poulet régulier ou extra-croustillant? demande monsieur Neveu.

— J'ai pris du régulier, lui répond sa femme. Tu dis toujours que l'extra-croustillant est trop croustillant. Veux-tu de la salade?

— Peut-on, s'il vous plaît, cesser de parler de nourriture? gémit Rosalie.

— Ton père et moi avons travaillé fort toute la journée et nous avons faim, dit sa mère.

— Mais il est question de vie ou de mort! s'écrie Rosalie.

Elle saisit la main de son père et l'empêche de porter le morceau de poulet à sa bouche.

— Pourquoi la police a-t-elle laissé partir Léo? Tu leur as parlé, hein?

— Léo Belleau a un alibi. Ses parents disent qu'il a passé la soirée avec eux à une soirée de bienfaisance.

— Quoi? Ses parents disent qu'il y était? Et les policiers les ont crus sur parole.

— Beaucoup de témoins l'y ont vu. Les policiers ont interrogé une douzaine de personnes, qui ont toutes affirmé que Léo était à la soirée.

— Mais il a pu se faufiler dehors sans être vu. Comment les policiers ont-ils pu le libérer?

— Ils le devaient. Ils n'avaient aucune raison valable de le garder en cellule.

— Aucune raison? Aucune raison? crie Rosalie. Pourquoi pas pour avoir tué une fille dans son salon? N'est-ce pas une raison suffisante?

— Rosalie, s'il te plaît! dit sa mère. Tu t'énerves!

Rosalie la regarde sans rien dire.

— Ils ont fouillé le salon, la maison tout entière, dit monsieur Neveu en reprenant le morceau de poulet qu'il avait déposé dans son assiette. Ils n'ont rien découvert de suspect.

— Alors, vous pensez que je suis folle? demande Rosalie d'une voix tremblante. Vous croyez que j'ai tout inventé?

— Je crois que tu as entendu quelque chose, dit son père. Mais tu n'as pas tout vu, n'est-ce pas? Tu n'as pas vraiment vu Léo Belleau.

Rosalie secoue la tête.

Elle ne peut avouer qu'elle était dans la maison, qu'elle a vu la fille aux boucles blondes. Elle doit s'en tenir à la version selon laquelle elle a tout entendu depuis le perron.

— Alors, qu'est-ce que je fais? demande-t-elle d'une voix où perce la peur.

— Tiens-toi loin de ce garçon, lui enjoint sa mère d'un ton préoccupé.

— Ne va pas seule à la plage, ajoute son père.

Sois prudente jusqu'à ce que cette histoire soit éclaircie.

— Veux-tu aller à la plage ? La nuit est si belle. Allons faire une longue promenade, suggère Thierry.

— D'accord. Laisse-moi prévenir mes parents.

Thierry est passé la voir après le souper. Il a vu tout de suite que Rosalie n'est pas elle-même, qu'elle est préoccupée.

— Qu'est-ce qu'il y a ? a-t-il demandé.

— Je suis juste un peu nerveuse. Je ne sais pas pourquoi.

Bien sûr, elle ne peut pas lui raconter ce qui se passe dans sa tête. Elle ne peut lui parler du pari au sujet de Léo. Thierry aussi a du caractère.

— Je pense beaucoup à cette fille qui a été assassinée, dit-elle en baissant les yeux. Celle qu'on a retrouvée aux Dunes-du-Chasseur.

— Magda, marmonne Thierry.

— Hein ? s'écrie Rosalie, estomaquée. Qu'as-tu dit ?

Il rougit.

— Magda. Elle s'appelait Magda André. Je la connaissais.

— Mais elle n'habitait pas Baie-des-Roches, dit Rosalie en observant la rougeur s'étendre sur les joues de Thierry.

— Non, elle était de Rochefort, répond Thierry en regardant vers la fenêtre. Je l'ai connue à un camp d'été. Tu te souviens, ce camp où j'ai été moniteur il y a deux ans ?

Rosalie le regarde soupçonneusement. Elle n'aime pas la façon dont il rougit à ce souvenir.

— À quel niveau d'intimité as-tu été avec elle cet été-là, Thierry ?

— Assez bon, répond-il en évitant toujours son regard.

Rosalie attend qu'il s'explique, mais il regarde dans le vide, perdu dans ses pensées. Au bout d'un moment, il se lève, s'étire et dit :

— Si on allait se promener sur la plage ?

La pleine lune est encore basse à l'horizon tandis qu'ils traversent les dunes. Des rais de lumière argentée se reflètent sur l'eau. Un million de minuscules points lumineux mouchettent le ciel dégagé.

Le coup d'œil est magnifique et réjouit immédiatement Rosalie.

— Porte-moi sur ton dos ! crie-t-elle à Thierry en le prenant par les épaules.

Il rit et commence à courir sur la plage en hennissant comme un cheval et en la faisant rebondir à chaque pas. C'est leur jeu préféré.

Il court jusqu'à la limite de l'eau et fait semblant de tomber.

— Arrête ! crie-t-elle.

— Prête à nager ? demande-t-il en riant.

— Non. Pas question ! proteste Rosalie. Laisse-moi descendre !

Thierry la dépose par terre et Rosalie replace le sweat-shirt qu'elle a noué autour de sa taille. Puis elle enlève ses sandales et marche pieds nus sur la plage mouillée. L'eau froide vient lui lécher les chevilles. L'air est frais.

Elle glisse ses mains derrière la nuque de Thierry et se hisse sur la pointe des pieds pour l'embrasser. Un long et tendre baiser. Les lèvres du garçon sont salées. Elle l'embrasse de nouveau.

Puis ils marchent main dans la main en se bousculant gentiment. D'autres couples et des groupes de jeunes profitent de la nuit magnifique.

Quelques élèves de leur école, rassemblés autour d'un feu de camp, les appellent par-dessus les hurlements de leur radio portative. À travers les flammes, leur visage paraît orangé.

Rosalie leur fait signe de la main et continue de marcher.

Thierry passe son bras lourd autour de ses épaules. Il dégage une impression de chaleur et de sécurité.

Elle lui sourit. Elle commence à se sentir mieux. Elle n'a plus pensé à Léo ni à la victime pendant toute cette heure.

La plage s'incurve vers un mur de roches noires qui s'avance dans la mer, formant une jetée naturelle. Cette partie de la plage est sombre et déserte. Les vagues y sont plus hautes. Rosalie les entend frapper le mur de roches.

Thierry se penche pour ramasser quelque chose.

Sur la plage, il fait toujours des découvertes qu'il rapporte chez lui et garde dans sa chambre. Il élève l'objet rond vers son visage pour l'examiner au clair de lune.

Rosalie voit que c'est une carapace de crabe.

— Ouache ! Jette-la. Ça pue ! crie-t-elle en s'éloignant de lui.

— Si tu travaillais dans une poissonnerie à longueur de journée, tu ne remarquerais plus les mauvaises odeurs.

Il jette tout de même la carapace et ils poursuivent leur route vers le mur de roches noires. La plage est faite de gros galets qui paraissent durs et froids sous les pieds nus de Rosalie.

Elle regarde la pleine lune. De fins nuages sombres passent devant celle-ci, comme un rideau vaporeux.

Lorsqu'elle abaisse le regard, la haute chaise de sauveteur lui apparaît. Elle pousse un léger cri de surprise en voyant que quelqu'un y est assis.

Immobile.

Qui les observe.

Non.

Dans la pâle lueur de la lune, Rosalie voit des os blanchâtres, un crâne.

Un squelette.

— Oh !

Un frisson de peur court le long de son dos.

Rosalie avance d'un pas hésitant, tout en essayant de mieux voir.

Elle se rend compte qu'il ne s'agit pas d'un squelette. Plusieurs grosses roches ont été empilées sur la chaise pour former une silhouette humaine ressemblant à un bonhomme de pierre.

Une scupIture de pierre. Des jeunes l'ont sans doute installée là pour faire une blague.

« Qu'est-ce qui me prend ? Il faut que je me calme. »

Et juste comme elle se réprimande d'avoir pris une pile de roches pour un squelette, une silhouette sombre s'avance vivement vers elle.

D'abord, elle croit avoir une autre vision. Sans doute est-ce une ombre projetée par les nuages courant devant la lune.

Mais en regardant mieux, elle voit que c'est un homme, non, un garçon, grand et mince.

Il avance à pas rapides et souples sur le sol caillouteux.

Rosalie s'arrête. Il semble se diriger droit vers elle.

Surgissant des ténèbres, il vient rapidement à sa rencontre.

Son visage plein d'ombres surplombe le sien.

— Léo ! souffle-t-elle.

Il a encore ce sourire étrange sur le visage.

— Rosalie, qu'est-ce qui ne va pas ? demande-t-il d'une voix basse contenant une menace certaine. Tu ressembles à un lapin effrayé.

Rosalie ne répond rien. Elle se tourne et cherche Thierry.

— Thierry ? dit-elle de sa voix à peine plus forte qu'un murmure.

Il n'est plus là.

Chapitre 17

— Qu'est-ce que tu as? demande Léo, son regard brûlant le sien.

— Je… je… Tu me fais peur.

Il ricane. Elle voit qu'il jouit de sa peur.

Elle lui tourne le dos, cherchant Thierry. Où est-il? Pourquoi a-t-il disparu? Pourquoi l'a-t-il abandonnée seule ici avec un *meurtrier*?

— Belle nuit, dit Léo en se rapprochant d'elle.

Rosalie essaie de reculer, mais manque de trébucher sur un roche.

— Je n'arrive pas à croire que je peux me promener quand je veux sur la plage, dit Léo. Là où je vivais avant, on devait rouler en voiture pendant des heures avant d'arriver à un lac.

«Que veut-il?» se demande-t-elle, transie de terreur. «M'a-t-il suivie ici? A-t-il décidé de me tuer?»

Léo se rapproche toujours.

Il est comme une ombre s'étendant au-dessus d'elle, prête à l'avaler dans sa noirceur.

— Hé!

Rosalie se retourne en entendant le cri de Thierry.

— Thierry, où étais-tu?

Il sort de derrière un amas de rochers. Elle voit qu'il tient un objet rond dans ses mains.

— Regarde, ce que j'ai trouvé derrière ces rochers!

Ce n'est que lorsqu'il arrive à la hauteur de Rosalie qu'il aperçoit Léo.

— Hé! Léo!… Je ne t'avais pas vu.

Léo lui fait une salutation avec deux doigts.

— Salut, Thierry!

Thierry leur montre le trésor qu'il a trouvé: un nid contenant trois œufs.

— Est-ce que tu vas faire une omelette? demande Léo en s'approchant de Thierry.

Thierry éclate de rire. Rosalie continue d'observer Léo.

— Non, je vais les faire éclore, dit Thierry. Puis je garderai les oiseaux dans une volière.

— Super! marmonne Léo en tournant un œuf dans ses doigts.

— Je leur donnerai des noms et ils viendront lorsque je les appellerai.

— Je crois que les oiseaux ne comprennent ce qu'on dit que dans les dessins animés.

— Mes oiseaux comprendront tout ce que je leur dirai. Pas vrai, les petits? demande Thierry en collant sa bouche sur la coquille d'un œuf.

— Oh! c'est dégoûtant! s'écrie Rosalie en brisant son silence.

— Tiens! dit Thierry en riant. J'ai changé d'idée. Je te les donne.

Il tend le nid à Rosalie.

Elle recule en levant les mains pour protester.

— À moi? Pourquoi me les donnes-tu?

— Il te faut des animaux de compagnie, dit Thierry en lui mettant le nid dans les mains. Tu peux les mettre à couver sous la lampe de ta véranda.

Rosalie tient le nid à bout de bras.

— Vas-tu les garder? demande Thierry. C'est un cadeau d'anniversaire en avance.

— Ouais, je suppose. Je vais les garder pendant quelque temps. Julie, ma petite cousine, vient nous visiter pendant une semaine. Elle voudra voir les œufs éclore.

Le regard de Rosalie se détourne du nid et rencontre celui de Léo. Un regard froid et dur.

— Allons porter le nid chez toi, suggère Thierry.

Léo continue de la regarder.

— On se reverra, lui dit-il doucement.

Son regard brûle celui de Rosalie.

— On se reverra, répète-t-il en prononçant chaque mot lentement et délibérément.

C'est un message pour elle seule.

C'est une menace, elle le sait.

Une autre tentative pour l'effrayer.

Portant le nid à bout de bras, elle se dépêche de suivre Thierry. Lorsqu'elle se retourne un instant plus tard, elle voit Léo immobile au même endroit : une ombre noire devant les rochers qui regarde fixement.

— J'ai installé le nid dans un coin de la véranda, sous une lampe couveuse, explique-t-elle à Sandra au téléphone.

— Combien d'œufs y a-t-il ? demande Sandra en bâillant.

— Trois.

Ses parents se sont couchés tôt. Après avoir installé le nid et dit au revoir à Thierry, Rosalie est montée dans sa chambre. Encore tout habillée, encore troublée par sa rencontre avec Léo, elle n'avait pas envie de se coucher.

Elle a essayé de lire, mais ne pouvait pas se concentrer. Elle a *zappé* à travers les différentes chaînes de télévision, mais rien ne l'intéressait.

Jetant un coup d'œil à l'horloge de sa radio placée à côté du lit, elle a vu qu'il était vingt-trois heures cinq. Elle sait que Sandra se couche tard. Alors elle a appelé son amie.

Elles ont parlé du nid, du cours d'anglais que prend Rosalie, du nouvel amoureux de Sandra. Puis Rosalie a décidé de lui poser des questions sur Léo :

— Est-ce qu'il t'a déjà parlé d'une fille appelée Magda quand vous sortiez ensemble ?

Elle sent les muscles de sa nuque se raidir lorsqu'elle pense à Léo.

— Magda ? demande Sandra. Puis elle ajoute,

après un long moment de silence: Tu veux dire la fille qui est morte?

— Ouais. Elle habitait Rochefort. Et c'est de là que vient Léo. T'en a-t-il parlé?

— Non. Il ne parlait pas de Rochefort. Il se vantait d'y avoir eu un tas de petites amies. Mais il ne parlait jamais d'elles.

— Tu en es sûre?

— Ouais. Je me souviens que Léo disait qu'il avait eu des problèmes sérieux lorsqu'il habitait à Rochefort. Je crois qu'il y a vécu une époque difficile. Il ne voulait jamais en parler. Je pense qu'il est content de repartir à neuf, ici, à Baie-des-Roches.

« Quel nouveau départ! » pense amèrement Rosalie.

— Il l'a tuée! s'écrie-t-elle. Je te l'ai dit, Sandra. J'ai tout entendu, je…

— Est-ce que ça va? l'interrompt Sandra d'une voix compatissante. Est-ce que tes parents sont là? Aimerais-tu venir me voir?

— Non, ça va, répond Rosalie d'une voix plus calme. Merci, Sandra. Mes parents dorment, mais ça va aller. C'est juste que je ne peux pas cesser d'y penser. Et partout où je vais, Léo est là et il me regarde fixement. Il me dévisage et il a cet horrible sourire tordu sur sa face.

— Il sourit toujours comme ça, Rosalie. Ne fais pas attention à lui. J'ai vu cette expression un million de fois sur son visage. Il croit que c'est sexy.

— Je… je ne sais pas quoi faire.

— La police l'a libéré, pas vrai? Léo était à une soirée de bienfaisance la nuit où cette fille a été assassinée. Il n'était pas chez lui. Il…

— Attends une minute.

Elle écarte le combiné de son oreille et écoute.

Oui. Le bruit se fait entendre de nouveau. On cogne en bas.

Quelqu'un cogne à la porte d'entrée.

Elle s'assied toute droite dans son lit et regarde l'horloge de sa radio. Il est vingt-trois heures trente.

Qui peut bien venir cogner à leur porte si tard?

Rosalie sait que ses parents n'entendront rien. Ils ont le sommeil profond.

— Sandra, je dois raccrocher. Il y a quelqu'un en bas.

— Rappelle-moi si tu as besoin de parler.

Rosalie la remercie de sa disponibilité, puis raccroche. Elle se lève et tend l'oreille.

Le cognement reprend, léger, mais insistant.

Un coup de vent fait voler les rideaux de sa chambre.

— Oh! s'écrie Rosalie, surprise.

«Calme-toi, ma fille!» se dit-elle. «Ne bondis pas au moindre bruit que tu entends!»

Après avoir pris une profonde inspiration, elle traverse le couloir et s'arrête en haut de l'escalier. Les lampes sont toutes éteintes au rez-de-chaussée. L'escalier est obscur.

Le cognement se répète: quatre coups nets.

«Qui que ce soit, il est insistant!» se dit Rosalie.

Ne prêtant pas attention au pesant sentiment d'effroi qui lui serre le ventre, elle descend l'escalier ténébreux.

Elle sursaute lorsqu'une porte claque à l'étage. Sans doute la porte de sa chambre, se dit-elle, le cœur battant. Probablement la porte de sa chambre poussée par le vent.

Quatre autres coups.

Rosalie s'arrête devant la porte d'entrée, la main sur la poignée. Celle-ci est chaude dans sa main.

— Qui est là? demande-t-elle dans un murmure.

Pas de réponse.

— Qui est là? demande-t-elle de nouveau, un peu plus fort cette fois.

Pas de réponse.

Elle se hisse sur la pointe des pieds et regarde par l'œil de porte.

Elle ne voit que de la noirceur.

Respirant difficilement, elle tourne la poignée et entrouvre la porte.

— Léo, qu'est-ce que tu veux? demande-t-elle d'une voix rauque.

Sans répondre, il tend la main pour l'empoigner.

Chapitre 18

Le souffle coupé, Rosalie essaie de refermer la porte.

Mais Léo a placé son bras dans l'entrebâillement.

Comme sa vue s'habitue à l'obscurité, Rosalie constate qu'il n'a pas avancé la main pour l'empoigner. Il lui tend quelque chose.

— C'est à toi, dit Léo tandis qu'elle ouvre la porte plus grand. Tu l'as oublié sur la plage.

Elle prend ce qu'il lui tend : le sweat-shirt bleu qu'elle avait noué autour de sa taille.

Rosalie le regarde fixement, tout en essayant d'obliger son cœur à se calmer.

— C'est à toi, n'est-ce pas ? demande Léo en se rapprochant.

Le vent fait osciller les arbres derrière lui. La pelouse semble chuchoter. Vivante.

— Ouais, heu... merci ! réussit à articuler Rosalie.

Elle presse le sweat-shirt contre sa poitrine en guise de protection.

Le visage de Léo est couvert d'ombres, elle ne peut voir son expression.

— Merci, répète-t-elle. C'est gentil de ta part.

Elle commence à refermer la porte.

Il ne bouge pas.

— Mes parents dorment. Alors...

— Veux-tu faire une promenade ?

— Hein ?

— Une promenade dans mon bateau ? Demain. Disons, après le dîner.

— Non, répond vite Rosalie.

Un peu trop vite. Même dans le noir, elle peut voir ses yeux se rétrécir sous la casquette des Requins et ses mâchoires se contracter.

— Je... je ne peux pas demain, ajoute-t-elle vivement.

— Oh ! d'accord ! Une autre fois, alors, réplique-t-il d'une voix basse qui ne révèle pas ses émotions.

Puis il répète la menace qu'il a déjà faite sur la plage :

— On se reverra.

Une phrase banale, dite d'une façon absolument pas banale.

Il se détourne et saute en bas du perron.

Elle ne le regarde pas s'éloigner. Elle referme la porte et, respirant avec difficulté, presse son dos contre le bois, tremblant de tous ses membres.

Le lendemain matin, un garçon qu'elle connaît à peine, Éric Frappier, l'accoste dans le couloir alors qu'elle se dirige vers le local de son cours d'anglais.

— Rosalie, as-tu vraiment vu le meurtre ? lui demande-t-il en repoussant ses lunettes sur son nez.

Rosalie le regarde, interloquée.

— *Qui* t'a dit ça ?

— C'est une rumeur qui circule, répond-il en haussant les épaules. Est-ce vrai ?

— Non, ce n'est pas vrai ! réplique Rosalie d'une voix furieuse. Qui parle de moi, Éric ?

— Tout le monde. Tu n'as vraiment pas vu le meurtre ? Huguette dit...

— Huguette ? s'écrie Rosalie d'une voix aiguë. Huguette raconte ça à tout le monde ?

Elle n'attend pas la réponse. Elle se retourne d'un seul mouvement et s'élance dans le couloir vers le bureau de l'administration.

« Pourquoi Huguette raconte-t-elle ça à tout le monde ? » se demande-t-elle. « Si Thierry l'apprend, que va-t-il se passer ?

« Peut-être que Léo ne m'a pas vue, ce soir-là. Peut-être qu'il ne sait pas que j'étais dans sa maison.

« Mais si tout le monde en parle, il le saura. Il l'apprendra à un moment donné et alors, qu'adviendra-t-il de moi ? »

Elle entre en coup de vent dans le bureau où travaillent Huguette et ses deux collègues. Ils détournent tous trois la tête de l'écran de leur ordinateur lorsque Rosalie claque la porte derrière elle.

— Huguette... je veux te parler ! s'écrie Rosalie d'une voix furieuse.

Huguette ouvre la bouche de surprise en voyant l'expression irritée sur le visage de son amie.

— Rosalie, est-ce que ça va?

— Non, ça ne va pas! Je...

— Chut!

Huguette place son index devant sa bouche et, d'un mouvement de la tête, désigne le bureau de la direction.

— Pas maintenant, Rosalie! chuchote-t-elle. Monsieur Riopelle est dans son bureau.

— Huguette, je ne te *comprends* pas! crie Rosalie, sans tenir compte de la demande de son amie.

— Je te retrouverai après ton cours, promet Huguette en jetant un regard inquiet vers la porte du bureau de la direction. Tu peux me croire. Je ne travaille qu'une demi-journée. Je te raccompagnerai chez toi.

Rosalie bout intérieurement pendant toute la durée de son cours. Elle n'entend pas un mot de ce qu'enseigne le professeur. Et elle ne peut se concentrer pour remplir correctement le questionnaire récapitulant la matière à la fin du cours. Elle est presque certaine d'avoir échoué.

Elle n'est consciente que des chuchotements des élèves autour d'elle qui se racontent les uns aux autres qu'elle a été chez Léo cette nuit-là, cette nuit horrible où Magda André a été assassinée.

Après la classe, Éric l'appelle, mais elle ne prête pas attention à lui et se précipite vers le bureau de l'administration.

Huguette est en train d'éteindre son ordinateur. Elle jette un regard à Rosalie et lui adresse un sourire tendu.

— J'adore ces demi-journées de travail, dit-elle.

Rosalie ne lui parle pas tant qu'elles sont dans l'école. C'est une journée chaude; des nuages joufflus flottent haut dans le ciel. Les arbres agitent leurs jeunes feuilles.

— Pourquoi es-tu furieuse contre moi? demande doucement Huguette en ralentissant le pas pour que Rosalie puisse se maintenir à sa hauteur.

— Pourquoi as-tu raconté à tout le monde que j'étais chez Léo la nuit du meurtre? dit Rosalie d'une voix tendue, ne pouvant cacher sa colère.

— Je ne l'ai pas raconté à tout le monde!

Huguette s'arrête et se tourne vers son amie. Elle lève la main droite et son expression devient solennelle.

— Rosalie, je le jure. Je ne l'ai dit qu'à quelques personnes. Et c'était avant que la police relâche Léo. C'était quand nous pensions toutes les deux qu'il serait emprisonné.

— À combien de personnes l'as-tu dit? demande Rosalie, renfrognée.

— Une ou deux, répond Huguette, la main droite toujours levée comme si elle prêtait serment. Sandra le savait déjà. Je le jure, Rosalie. Je suis vraiment désolée...

— Moi aussi, je suis désolée, murmure Rosalie.

Elles se remettent en route. Rosalie sent sa colère

s'atténuer. Elle ne peut rester fâchée contre Huguette. Elle est sa meilleure amie.

— Je n'ai rien dit à Thierry, avoue-t-elle. S'il apprend…

— Tu peux lui expliquer ce qui s'est passé. Dis-lui que c'était mon idée. Dis-lui que c'était un autre de nos paris stupides. Il te croira.

— Penses-tu? Tu sais à quel point Thierry peut être jaloux parfois.

— Mets tout sur mon dos.

Elles sont arrivées près de chez Rosalie. La porte du garage est grande ouverte. «C'est étrange!» se dit Rosalie. «Maman prend toujours soin de la refermer avant de s'en aller le matin.»

— Sais-tu ce qu'il te faudrait? demande soudain Huguette, les yeux brillants. Il faudrait que tu t'amuses. Il faudrait que quelque chose d'agréable détourne tes pensées de toute cette affaire. Veux-tu qu'on aille patiner ce soir?

— Patiner?

— Sandra et moi allons au Petit Forum ce soir. On patine. On placote. Pourquoi ne viendrais-tu pas avec nous?

— Ça semble une excellente idée! dit Rosalie en souriant. Je vais le proposer à Thierry. Il pourra peut-être venir. Il est un très bon patineur.

— Super! s'exclame Huguette en lui rendant son sourire.

— Viens. Entre! On va se préparer un sandwich, propose Rosalie en montant les marches.

Elle s'arrête à la vue des brindilles éparpillées sur la véranda.

Elle se penche pour les ramasser, puis étouffe un petit cri.

— Oh ! Huguette, regarde !

Des coquilles d'œufs et des brindilles sont entremêlées en un tas informe.

Le nid a été détruit et les œufs qu'il contenait ont été écrasés.

— Oh ! Ooooh ! gémit-elle.

Sous le tas de brindilles et de morceaux de coquilles, Rosalie aperçoit une feuille de papier pliée. Elle avance une main tremblante et saisit le bout de papier. Des petits morceaux de coquilles gluants sont collés dessus.

— Qu'est-ce que c'est ? Qu'est-ce qui est écrit ? demande impatiemment Huguette.

Rosalie réussit à grand-peine à déplier la feuille de papier. Puis elle la regarde un moment sans être capable de déchiffrer les mots qui sont écrits en grosses lettres.

Elles ont été tracées au crayon à la mine en énormes caractères ressemblant à une écriture d'enfant.

Avalant péniblement sa salive, Rosalie entreprend de lire tout haut le message qui lui est adressé :

« IL T'ARRIVERA LA MÊME CHOSE SI TU CONTINUES À PARLER. »

Chapitre 19

— Hé! Comment arrête-t-on ces patins?

Thierry patine à toute vitesse sur l'immense piste circulaire, les bras écartés comme s'il marchait sur une corde raide.

Rosalie éclate de rire lorsqu'il va foncer dans la bande. «Il ressemble à un ours de cirque!» pense-t-elle.

Il se tourne vers elle, souriant.

— Est-ce *ainsi* qu'on s'arrête?

Elle le rejoint en patinant gracieusement et le prend par le bras.

— Cesse de faire le clown. Je sais que tu es un excellent patineur.

Elle le tire loin de la bande.

Ils patinent côte à côte, dépassant Huguette et Sandra qui glissent en compagnie de trois camarades de classe. Puis Rosalie fait semblant de lui enseigner comment placer ses patins à roulettes pour s'arrêter.

— Maintenant, essaie, lui dit-elle en sachant qu'il est très habile à cette manœuvre.

Thierry repousse ses cheveux roux et se concentre. Il avance un peu, fait semblant de trébucher et s'affale sur la piste en émettant un *ouf!* sonore.

— Je préfère ma méthode, marmonne-t-il.

Rosalie éclate de rire.

— Tu as encore regardé *Les Aventures de la famille Slomeau*, hein?

Huguette et ses compagnons passent devant eux, lançant des insultes à Thierry et secouant la tête en riant. Rosalie les suit, glissant gracieusement, balançant les bras en cadence.

Elle adore patiner. C'est tellement agréable d'avancer si rapidement, sans effort. Elle prend un raccourci par le centre de la piste et rattrape Huguette.

— Il n'y a pas foule ce soir, lui dit celle-ci en se penchant pour prendre de la vitesse. La soirée est chaude. Je suppose que les gens sont à la plage.

Elle devance Rosalie. Celle-ci allonge le pas, balançant les bras plus fort, et se maintient à la hauteur de son amie. Les murs colorés de la piste défilent en masse indistincte.

— Ça fait du bien de t'entendre rire, dit Huguette. Surtout après la découverte de cet après-midi.

— Mon père a appelé la police. Il leur a rapporté qu'une menace m'avait été clairement faite.

Huguette hoche gravement la tête.

Elles patinent côte à côte pendant un moment. Huguette fait de longues enjambées et Rosalie doit se presser pour ne pas rester derrière.

Les patins à roulettes grondent sur la piste.

Huguette accélère, lançant un clin d'œil à Rosalie par-dessus son épaule.

Avant de s'en rendre compte, voilà celle-ci engagée dans une course. Elle baisse la tête et essaie d'accélérer.

« C'est bien Huguette », pense-t-elle, le souffle court.

Elle réussit à dépasser son amie pendant un instant, puis celle-ci reprend l'avantage en quelques souples enjambées.

« Nous ne pouvons pas patiner tout simplement. Oh ! non ! Avec Huguette, ça doit être une course. »

Au deuxième tour de piste, Huguette est loin devant. Rosalie ralentit et observe l'allure sportive d'Huguette, ses cheveux blonds volant derrière elle, luisant à la lumière des projecteurs.

— Tu gagnes ! lui crie-t-elle. Pour cette fois ! ajoute-t-elle en riant.

Elle va rejoindre Thierry, qui fait le clown pour des petits enfants, patinant à reculons, agitant les bras en faisant semblant de perdre l'équilibre.

Les enfants en redemandent.

Rosalie s'appuie à la bande et se repose.

Sandra la salue en passant et crie :

— Huguette a encore gagné !

— Ça, c'est nouveau ! lui réplique Rosalie sur le même ton.

Elle observe un moment les pitreries de Thierry, puis Sandra et les autres qui avancent énergiquement à un rythme régulier.

« C'est formidable ! » se dit-elle joyeusement.

« Je n'ai plus pensé à Léo et au meurtre pendant un moment.

« J'avais oublié ce qu'est une vie normale, une vie heureuse. »

Souriante, elle s'écarte de la bande et commence lentement à patiner en direction de Thierry.

Elle s'arrête brusquement lorsqu'elle entend un cri.

Un cri perçant, haut perché.

Suivi d'un autre.

Des cris de terreur.

Ça lui prend un moment avant de les reconnaître, avant de se rendre compte qu'ils sont poussés par Huguette.

Chapitre 20

Rosalie voit Thierry quitter rapidement les enfants et se mettre à patiner à toute vitesse en direction des cris. Le cœur battant, Rosalie le suit.

Une foule s'est déjà formée autour d'Huguette, étendue sur le dos contre le mur du fond, les genoux pliés, ses cheveux blonds répandus sur la piste.

— Huguette, qu'est-il arrivé? demande anxieusement Rosalie en repoussant plusieurs enfants pour atteindre son amie.

Huguette grogne et lève les yeux au ciel.

— Je suis tombée.

Elle met les mains par terre et essaie de se relever.

— Aïe! Ma cheville!

— Que s'est-il passé? demande Thierry.

— J'ai eu un spasme au dos. C'était insupportable. Je suppose que c'était trop tôt après mon accident pour venir patiner. Je suis tombée et me suis foulé la cheville. Oh! elle enfle déjà!

Huguette se penche pour tâter délicatement sa cheville.

— Je ne sais pas ce qui me fait le plus mal : ma cheville ou mon dos.

— Ta cheville est-elle cassée ? demande Rosalie, inquiète, en s'approchant de son amie.

— Je… je ne crois pas. Je ne sais pas.

Le visage pâle d'Huguette grimace de douleur. Mais en s'agrippant à la bande, elle réussit à se relever.

— Tu dois mettre de la glace sur ta cheville le plus vite possible, conseille Sandra.

Huguette essaie de faire un pas, mais crie de douleur. Elle s'accroche à Thierry pour ne pas retomber.

— Aïe ! Aïe ! Aïe !

Rosalie est certaine que la douleur doit être vive pour qu'Huguette se plaigne ainsi.

— Attends ! Je vais t'enlever ton patin, offre-t-elle en se mettant à genoux et en commençant à délacer la chaussure.

Quelques instants plus tard, les deux patins sont enlevés. Huguette, toujours soutenue par Thierry, essaie de s'appuyer sur sa cheville, mais la douleur est trop forte.

— Je vais la reconduire, dit Thierry à Rosalie. Es-tu d'accord ?

— Bien sûr.

— Veux-tu que je revienne te chercher ?

Rosalie lance un coup d'œil à l'horloge.

— Il est pas mal tard. Je crois que je vais patiner encore quelques minutes pour me relaxer. Puis je rentrerai à pied.

Thierry commence à protester. Mais Rosalie lui rappelle qu'il s'agit d'une marche de dix minutes seulement.

— Je vais avec vous, dit Sandra.

Rosalie les regarde partir tous les trois. Huguette s'appuie lourdement sur Thierry. Sandra court rendre les trois paires de patins.

En soupirant, Rosalie recommence à patiner. «J'ai seulement besoin de *bouger* un peu», se dit-elle. Elle aime sentir le souffle d'air à travers sa chevelure lorsqu'elle patine et la sensation de glissement. Elle glisse et glisse.

Elle perd toute notion du temps. Elle est dans un monde à elle, facile, glissant, ronronnant.

Lorsqu'elle rapporte enfin les patins, la piste est pratiquement vide. Elle sort dans la nuit fraîche.

Elle prend une grande bouffée d'air frais, puis une autre.

Elle traverse le terrain de stationnement fortement éclairé et vide à part deux voitures garées sur le côté. Elle arrive au trottoir sombre. Les muscles de ses jambes frémissent agréablement, suite à l'exercice qu'elle leur a fait faire sur la piste.

Son cœur bat encore vite. Elle frissonne au contact de l'air frais de la nuit sur sa peau surchauffée.

En traversant la rue, elle se surprend à penser à Huguette. Une fois de plus, elle imagine Thierry aidant Huguette à quitter la piste. Son amie grimaçant de douleur chaque fois qu'elle doit s'appuyer sur sa cheville blessée.

«Je l'appellerai dès que je serai à la maison», se dit-elle. «J'espère qu'elle n'a pas dû aller à l'urgence de l'hôpital.»

Rosalie vient de passer le long d'une haie haute et sombre comme un mur. C'est alors qu'elle se rend compte qu'elle est suivie.

D'abord, elle croit que les pas rapides sont ceux d'un chien en balade.

Puis elle se tourne et aperçoit une silhouette d'ombre bougeant le long de la haute haie.

Rosalie prend une longue inspiration et presse le pas.

Le bruit de pas derrière elle s'accélère, s'approche, s'approche.

Elle comprend qu'elle ne pourra semer son poursuivant, alors elle s'arrête et lui fait face.

— Qui... qui est là? bredouille-t-elle.

Léo sort de l'ombre, ses yeux noirs luisants sous la casquette des Requins.

— Rosalie, je t'ai vue, murmure-t-il.

Chapitre 21

— Je t'ai vue patiner. Je t'ai appelée, dit Léo.

Rosalie lutte pour reprendre son souffle.

— Tu m'as fait peur.

— Désolé, dit-il, mais un sourire s'étend sur son visage. Je ne cesse de faire ça, n'est-ce pas ?

« *Oui !* », pense-t-elle amèrement. « *Tu ne cesses de me faire peur exprès.* »

— Comment se fait-il que tu t'effraies si facilement ? demande-t-il en se rapprochant d'elle.

— Je dois rentrer, dit-elle sans tenir compte de sa question. Je dois appeler Huguette. Elle s'est foulé la cheville.

— Je vais t'accompagner.

— Non… s'il te plaît !

Ces mots jaillissent nerveusement de sa bouche.

Il la regarde fixement. Son sourire s'évanouit.

— Je t'accompagnerai seulement jusque chez moi, offre-t-il. J'habite dans cette rue-ci.

Il pointe du doigt l'enseigne au bord du trottoir. Ils sont dans la rue Alizé.

— Vraiment, je…

Rosalie hésite. Son cœur bat à tout rompre.

«Je ne veux pas être ici avec Léo», se dit-elle.

«Je ne veux pas marcher le long de cette rue sombre et vide avec lui. Et il le sait. Il essaie de m'effrayer. Il essaie de m'effrayer à mort.

«Il a tué Magda André.

«Il a démoli le nid et écrasé les œufs. Et il a menacé de me faire subir le même sort.»

Elle frissonne.

— Tu as froid? demande-t-il. Veux-tu que je te passe mon sweat-shirt?

Il commence à tirer sur la manche de son sweat-shirt noir.

— Non, ça va, répond-elle vivement.

— J'ai un t-shirt en dessous. Tu pourrais m'emprunter mon sweat-shirt.

Elle marche rapidement en faisant les plus grandes enjambées dont elle est capable, pressée d'arriver chez elle, d'être débarrassée de lui.

— Ça va bien, répète-t-elle.

Il marche au même rythme qu'elle.

— Comment se fait-il que je t'effraie toujours? demande-t-il de nouveau. Penses-tu que je suis un garçon si effrayant?

«*Je pense que tu es un meurtrier*», se dit Rosalie, ne prêtant pas attention à la douleur aiguë qui lui donne des élancements au côté droit, refusant de ralentir le pas.

Ils traversent la rue précédant son pâté de maisons.

— Je suis seulement un peu stressée ces jours-ci, réplique-t-elle.

C'est une réponse lamentable. Mais elle s'en fiche.

«*Va-t'en, Léo!*» supplie-t-elle en silence. «*S'il te plaît, laisse-moi tranquille!*»

— Il te faudrait une promenade en bateau, propose-t-il calmement en mettant une main sur son épaule.

Sa main est chaude. Elle la brûle à travers le tissu de son t-shirt.

— Une longue promenade en bateau te relaxerait comme il faut, Rosalie.

— Non, merci, murmure-t-elle.

Sa maison apparaît. À l'avant, une lampe est allumée, traçant un cône de lumière sur le perron.

«Je ne voulais jamais revoir cette maison», se dit Rosalie. «Jamais!»

Revoir la maison ravive toute l'horreur de la nuit du meurtre. Elle se revoit prise au piège à mi-chemin de l'escalier. Elle réentend les cris d'angoisse de Magda André, les gifles, les jurons, les bruits de la bataille.

«Je ne voulais jamais revoir cette maison. Je souhaiterais que cette maison brûle jusqu'aux fondations.»

Elle tourne la tête, détourne le regard vers l'autre côté de la rue et poursuit son chemin.

— Alors, et cette promenade en bateau? redit Léo, d'une voix douce qui pénètre les pensées de

Rosalie. Demain après-midi? Je t'emmènerai plus loin que le promontoire. C'est vraiment magnifique.

— Je ne pense pas que j'irai, réplique-t-elle.

Elle s'arrête et se tourne vers lui pour ajouter :

— Nous avons dépassé ta maison.

— Viens faire une promenade, insiste-t-il en rajustant sa casquette des Requins. Dis oui. Tu aimeras ça.

Les yeux sombres de Léo fixent les siens.

— Je ne peux pas. Vraiment.

« *Va-t'en, Léo! S'il te plaît, rentre chez toi.* »

Rosalie examine frénétiquement la rue : elle est déserte. Il n'y a pas un seul passant, personne pour lui venir en aide s'il décide de l'attaquer.

S'il décide qu'il l'a assez torturée, assez tourmentée.

S'il décide de la tuer comme il a assassiné Magda André.

Personne ne viendra l'aider. Elle est seule.

— Ta maison. Nous avons dépassé ta maison, dit-elle en la pointant du doigt.

Il se tourne.

— Hein? Non, nous n'avons pas dépassé ma maison.

Elle écarquille les yeux.

— Que veux-tu dire? C'est ta maison, insiste-t-elle en la pointant de nouveau du doigt.

Il secoue la tête, un étrange sourire aux lèvres.

— Ce n'est pas ma maison. Voilà ma maison, là-bas.

Il lui désigne, de l'autre côté d'un terrain vacant, la maison voisine longue et basse, de style ranch.

Rosalie a un hoquet de surprise.

«Oh! non!» se dit-elle en levant une main pour se couvrir la bouche.

«Cette nuit-là...

«Cette nuit-là... j'étais dans la MAUVAISE MAISON!»

Chapitre 22

— Je t'inviterais bien à venir boire un Coke, propose Léo. Mais mes parents ont de la visite. Peut-être une autre fois ?

Rosalie le regarde sans rien dire, incapable de prononcer un mot. Son regard dérive par-dessus son épaule vers la maison sombre où elle s'est cachée l'autre nuit.

La mauvaise maison.

Ce n'est pas la maison de Léo.

« *Ce n'était pas Léo* », se dit-elle. « *Ce n'était pas Léo dans cette maison. Ce n'est pas Léo qui a assassiné cette fille !* »

Les arbres noirs commencent à chuchoter. Les branches semblent se balancer et se pencher.

Rosalie agrippe la boîte aux lettres pour garder l'équilibre.

« Je ne sais plus que penser », se dit-elle. « Je suis tout à fait embrouillée.

« Je suis embrouillée. J'ai tout gâché.

« J'ai dénoncé Léo et ce n'était même pas sa maison.

«J'ai tout embrouillé. Je suis embrouillée…»

— Est-ce que ça va ? demande Léo. Tu as un drôle d'air.

— Qui vit dans *cette* maison ? demande-t-elle d'une voix tremblante en pointant du doigt la maison dans laquelle elle est entrée par effraction.

Léo hausse les épaules. Il se tourne pour regarder la maison avec elle.

— Je ne suis pas sûr. Les gens ne sont pas très sociables dans ce quartier. Ils ne sont jamais venus se présenter ni rien. Je crois que ce sont les Meilleur.

— Les Meilleur ? répète Rosalie d'une voix surprise.

— Tu les connais ? Il y a un garçon de notre âge, je crois…

— Raymond Meilleur ? s'écrie Rosalie. Il va à notre école ?

— Ouais, je crois. Je ne le connais pas vraiment, mais je l'ai vu tondre le gazon.

— Raymond Meilleur est l'ami de Thierry, dit Rosalie, pensant tout haut. Thierry se tient toujours chez Raymond ; il y passe plus de temps que chez lui. Je n'y ai jamais été avec lui. Je n'aime pas Raymond, mais…

Elle se tait brusquement.

«Voilà pourquoi la voix dans le salon me paraissait si familière», se dit-elle.

«J'ai entendu Thierry… pas Léo.

«J'ai entendu Thierry se disputer avec cette fille dans le salon complètement obscur.

«Mais je ne voulais pas le croire.

«Je ne voulais pas le croire, alors je me suis dit que c'était Léo.»

Le savait-elle depuis le début que c'était Thierry? Est-ce pour ça qu'elle était si anxieuse que Thierry n'apprenne qu'elle se cachait dans la maison du meurtre, qu'elle avait entendu la pauvre fille crier?

Le savait-elle depuis le début que c'était Thierry... et avait-elle refusé de l'accepter, refusé d'y croire?

Jusqu'à maintenant?

— Tu es certaine que ça va? demande Léo en posant de nouveau la main sur son épaule.

Rosalie hoche la tête.

— Je suis seulement très fatiguée.

Elle lève les yeux vers lui. Elle se sent si coupable, soudain. «J'ai dénoncé Léo à la police», se rend-elle compte. «Je l'ai accusé du meurtre de cette fille... et ce n'était même pas sa maison.»

— Est-ce que cette offre de promenade en bateau tient toujours? lui demande-t-elle.

Les mots sont sortis de sa bouche avant qu'elle pense à ce qu'elle allait dire.

Un sourire se dessine sur le beau visage de Léo.

— Ouais, bien sûr.

— Je te rejoindrai au quai, demain, après mon cours d'anglais.

— Parfait! Veux-tu que je te raccompagne jusque chez toi?

— Non, merci. Ça ira. Désolée de n'avoir pas été de meilleure humeur ce soir. À demain!

Il lui fait son salut habituel: deux doigts touchant sa tempe.

Elle lui dit au revoir et continue sa route. Elle entend Léo courir dans l'allée vers la maison de style ranch.

Sa maison.

Pas celle dans laquelle Rosalie était entrée.

Pas la maison dans laquelle Thierry a assassiné Magda André.

« Il m'a avoué qu'il la connaissait », se souvient-elle soudain.

« Mais pourquoi l'a-t-il tuée ? Pourquoi ?

« Devrais-je aller à la police ? Devrais-je leur expliquer que c'est Thierry, et non pas Léo qui est l'assassin ?

« Ils croiront que je suis folle.

« Aucune chance qu'ils me croient si je leur dis ça.

« Il faut que je cesse de sortir avec Thierry », décide-t-elle.

« Je dois me tenir loin de lui.

« Il est dangereux, très dangereux. »

Elle continue son chemin dans les rues sombres et arrive près de chez elle. Des nuages cachent la lumière de la lune, assombrissant encore plus les rues. Le vent a cessé de souffler. Les arbres sont silencieux.

Tout est tranquille.

Elle est arrivée devant chez elle et remonte l'allée.

Elle n'est plus qu'à quelques mètres de la porte

d'entrée lorsqu'une silhouette jaillit de l'ombre, à côté de la maison.

Il l'attrape rudement et la fait tourner.

— Thierry, que fais-tu ici ? s'écrie-t-elle.

Chapitre 23

— Thierry… lâche-moi ! crie Rosalie.

— Je t'ai manqué ? demande-t-il en lui souriant.

Il laisse ses mains glisser de ses épaules.

— Je suis vraiment fatiguée.

Elle examine son visage. Il a l'air d'un bon gros nounours. Comment peut-il être un meurtrier ?

Comment ?

— Où étais-tu ? lui demande-t-il soupçonneusement. Ça fait des heures que je t'attends ici.

— Je patinais, réplique-t-elle sèchement.

Elle veut rentrer, être loin de lui.

— Comment va Huguette ? demande-t-elle tout de même.

— Pas trop mal, réplique-t-il en étudiant soigneusement son visage. Son père a mis de la glace sur sa cheville, et l'enflure a diminué. Elle n'a pas eu besoin d'aller à l'hôpital.

— C'était gentil de ta part de la ramener chez elle, murmure Rosalie en jetant des regards vers sa maison.

La lumière est allumée sur le perron, mais le salon est dans le noir.

— Je suis un gentil garçon, dit Thierry en lui adressant son sourire le plus attendrissant. Alors, puis-je entrer pour quelques minutes ?

— Non, répond vivement Rosalie.

Elle voit l'expression de surprise sur son visage.

— Euh… je suis vraiment fatiguée, Thierry. On se parlera demain, d'accord ?

Elle fait un pas vers la porte d'entrée, mais s'arrête lorsqu'elle sent la main du garçon sur son épaule. Il la force à se tourner vers lui et approche son visage du sien pour l'embrasser. Elle détourne son visage au dernier moment et les lèvres de Thierry se posent sur sa joue.

« Je ne peux pas supporter ses baisers », pense Rosalie en sentant son ventre se crisper de peur. « Je ne peux pas embrasser un meurtrier. Je ne peux pas. »

— Je dois rentrer, dit-elle dans un murmure.

Thierry plisse les yeux de méfiance.

— Est-ce vrai que tu as seulement patiné tout ce temps-là ? demande-t-il d'une voix froide et dure.

— Oui, bien sûr, répond-elle en hochant la tête.

— Avec qui ?

— P… personne.

Elle a toujours détesté ses crises de jalousie. Maintenant, elle en est terrifiée au-delà de toute expression.

Le regard de Thierry brûle le sien. Le garçon lui paraît tout à coup plus grand, plus fort, plus menaçant.

«Il pourrait me briser en deux», songe-t-elle en frémissant.

— Bonne nuit ! dit-elle précipitamment.

Elle monte rapidement les marches et entre enfin chez elle. Elle referme la porte, la verrouille et met la chaîne de sécurité. Le cœur battant, la vision de son regard dur planté dans le sien, elle trouve son chemin dans le noir jusqu'à sa chambre.

Sans allumer la lampe sur sa table de chevet, elle se déshabille et enfile sa chemise de nuit. Comme elle a froid, elle va fermer la fenêtre.

Regardant la pelouse en bas, Rosalie se rend compte qu'elle a oublié d'éteindre la lumière du perron. Dans la faible lueur, elle aperçoit une silhouette à mi-chemin dans l'allée.

Thierry.

Debout dans l'allée, les mains sur les hanches, il regarde la maison.

Il se tient là et regarde, immobile comme une statue.

— Je crois vraiment que tu devrais en parler à la police, dit Huguette.

— Je ne peux pas, dit Rosalie.

Couchée sur le dos sur son couvre-lit, elle tient le combiné coincé entre son épaule et sa joue.

— Je ne peux pas retourner voir les policiers et leur dire : «Pardon, j'ai fait une petite erreur. C'était Thierry et non Léo.» Ils me renverront chez moi en me conseillant de consulter un psychiatre. Ou pire.

— Bon, alors que vas-tu faire? Si Thierry t'a vue cette nuit-là dans la maison de Raymond…

— Je ne sais pas quoi faire, admet Rosalie. J'ai vraiment peur, mais…

— Alors tu sors avec Léo ce soir? interrompt Huguette. Où irez-vous?

— Nous irons juste au cinéma au centre commercial de Rochefort.

— Et comment était la promenade en bateau de cet après-midi?

Rosalie détecte plus qu'une petite pointe d'envie dans la voix d'Huguette.

— Super! répond-elle. Léo a toujours l'air si sérieux. Tu sais qu'il ne sourit pratiquement jamais. J'étais surprise de découvrir qu'il a un merveilleux sens de l'humour.

— Il est mignon aussi!

— Je vais dire à Thierry que c'est fini entre nous.

— Quand?

— Je ne sais pas. Je suis si embrouillée, Huguette. Mais je sais que je ne peux plus sortir avec Thierry. J'ai tellement peur de lui. Je ne cesse de penser au nid détruit et aux œufs écrasés qui ne deviendront jamais des oiseaux. Et je ne cesse de penser qu'il voudrait me détruire de la même façon.

— Écoute, Rosalie… au moins parles-en à ton père. Il ne pensera pas que tu es folle. Il…

— Oh! on klaxonne! s'écrie Rosalie en bondissant sur ses pieds. C'est Léo. Je dois y aller, Huguette. Je t'appellerai plus tard. Salut!

Elle raccroche, brosse ses cheveux en vitesse devant le miroir de sa commode, puis se précipite dans l'escalier et sort de la maison pour rejoindre Léo.

Le film est l'une de ces stupides histoires de plage avec une bande de garçons essayant de séduire des blondes en bikini. Mais Rosalie est contente, elle ne pourrait pas se concentrer sur une intrigue compliquée.

Elle se colle contre Léo. Ils sont assis à l'avant, près de l'écran. Le cinéma est rempli de jeunes. Léo sent la cannelle. Ses cheveux noirs cascadent hors de sa casquette des Requins. Il ne sourit pas, mais son regard prouve bien que le film l'amuse.

Quand le film est terminé, ils sortent du cinéma main dans la main. Léo la reconduit chez elle. Ils rient, ils s'amusent ensemble de la stupidité du film qu'ils viennent de voir. Léo avoue qu'il aime les films stupides et Rosalie essaie de dresser une liste des plus niais qu'elle a vus.

Tandis que Léo s'engage dans l'allée chez Rosalie, celle-ci guette par la vitre du côté passager. Elle s'attend presque à apercevoir Thierry, encore immobile près de la maison.

Elle pousse un soupir de soulagement lorsqu'elle s'est assurée qu'il n'y est pas.

«Je dois parler à Thierry demain», se dit-elle. «Je dois régler cette affaire. Je dois me débarrasser de lui.

«Je ne peux continuer à vivre en ayant peur, en m'attendant à le voir surgir partout où je vais.»

Elle se penche sur le siège et donne à Léo un long baiser intense qui en fait naître un deuxième. Tout en l'embrassant, elle repousse sa casquette et passe la main dans ses cheveux soyeux.

— On se voit demain? murmure-t-elle en frottant ses lèvres sur sa joue.

— Ouais. Viens au quai après ton cours. On pourrait peut-être aller pêcher ou faire autre chose.

— Ou faire autre chose, répète-t-elle.

Elle l'embrasse de nouveau. Elle n'a pas envie de sortir de cette voiture. Elle se sent si bien, tellement en sécurité.

Mais quelques minutes plus tard, elle est dans sa chambre, assise sur son lit, lorgnant l'horloge de sa radio en se demandant s'il est trop tard pour appeler Huguette.

Le téléphone sonne.

— Oh! bravo! dit-elle tout haut.

«Huguette a pensé à m'appeler», se dit-elle.

Mais lorsqu'elle décroche le combiné et dit allô, un frisson glacé descend le long de son dos en reconnaissant son interlocuteur.

— Je t'ai vue, Rosalie, dit Thierry d'une voix basse et menaçante. Tu n'aurais pas dû y aller.

Chapitre 24

Après son cours d'anglais le lendemain matin, Rosalie va demander à Huguette des nouvelles de sa santé.

— Ma cheville va beaucoup mieux, dit son amie en pianotant sur le dessus de son bureau avec ses ongles longs. Je peux presque enfiler mes chaussures sans hurler. Écoute, Rosalie...

— Thierry m'a appelée hier soir, interrompt Rosalie. Il m'a *vue* cette nuit-là chez les Meilleur, Huguette ! Il... il m'a menacée. Il m'a dit que je n'aurais pas dû aller là-bas.

— Rosalie, tu *dois* m'écouter, dit impatiemment Huguette en levant la main pour faire taire son amie. S'il te plaît, laisse-moi te dire...

— Je sais ce que tu vas me dire, la coupe Rosalie, ne tenant pas compte du signal de son amie. Tu vas me dire que je n'ai pas le choix et qu'il faut que j'aille à la police pour dénoncer Thierry. Eh bien, peut-être que je le ferai. Je ne sais pas.

— Rosalie, écoute-moi... la supplie Huguette.

Mais le directeur sort soudain de son bureau. Il salue Rosalie et se penche vers Huguette pour lui donner des instructions au sujet des dossiers qu'elle informatise. Huguette hoche plusieurs fois la tête alors qu'il gesticule en montrant la pile de dossiers entassés sur le coin du bureau.

— Je t'appellerai plus tard ! dit Rosalie.

Elle quitte le bureau de l'administration, sort au soleil et se dirige vers sa voiture stationnée non loin de là.

«Sans doute qu'Huguette a raison», pense-t-elle. «Peut-être que je passerai par le poste de police. Peut-être qu'ils ne riront pas de moi ni ne me diront que je suis folle.

«Thierry m'a bien menacée, après tout.»

Rosalie s'installe dans sa voiture et, tout en réfléchissant à la décision à prendre, elle se dirige vers la plage. Elle stationne sa voiture à l'ombre d'une dune près du petit quai, en verrouille les portes et s'empresse d'aller rejoindre Léo.

C'est l'une de ces parfaites journées d'été où le ciel est d'un bleu éclatant sans une trace de nuage. L'air est chaud et doux, sans trop d'humidité. Les vagues lèchent gentiment les piliers de bois du quai.

Le regard de Rosalie suit la ligne incurvée de la plage vers sa droite. La plus populaire des sections réservées à la natation est noire de baigneurs. Des douzaines d'entre eux nagent, profitant de la tranquillité de l'eau.

Les abords du quai sont déserts. Rosalie aperçoit

Léo penché sur le côté de son bateau. Il lève la tête à l'appel de son nom et au bruit des pas de Rosalie sur le bois du quai.

— Comment ça va? demande-t-elle joyeusement.

— Pas très bien, répond-il.

Il fouille des deux mains dans une boîte métallique.

— Non, ce n'est pas vrai! marmonne-t-il avec humeur.

Rosalie s'approche de lui et demande:

— Qu'est-ce qui ne va pas?

— J'essaie de resserrer un boulon, réplique-t-il en faisant un geste de la main vers le bateau. Et voilà que je viens de laisser tomber mon tournevis à l'eau. Il secoue la tête rageusement. Quel maladroit je suis!

— Veux-tu que je mette mon costume de plongée et que j'aille le chercher? demande-t-elle en blague.

Pour seule réponse, il grogne et recommence à fouiller dans sa boîte à outils.

— Plus un seul tournevis ici. C'était le dernier que j'avais.

— Oh! attends! s'écrie Rosalie. Il se peut qu'il y en ait un dans ma voiture.

Il la regarde.

— Tu transportes une boîte à outils au cas où quelqu'un aurait besoin de resserrer un boulon de son bateau?

— Mon père m'a conseillé de toujours garder des

outils dans le coffre à gants. «En cas d'urgence», dit-il.

Le visage de Léo est moins sombre. Il se relève et rajuste la casquette des Requins sur sa tête.

— Penses-tu que tu aurais un tournevis cruciforme ?

— Peut-être.

Elle pointe du doigt vers la dune à l'ombre de laquelle est garée sa voiture et ajoute :

— Va voir. J'ai stationné ma voiture de l'autre côté de cette dune-là.

— Je reviens tout de suite.

Elle le regarde courir sur le petit quai, puis sur la plage vers la dune. «Il court si gracieusement», se dit-elle. «Je me demande s'il pratique un sport quelconque. Je ne le lui ai jamais demandé.»

Elle se tourne pour examiner le petit bateau jaune qui danse doucement sur l'eau étincelante. «J'espère que Léo pourra faire la réparation», pense-t-elle. «C'est une journée parfaite pour faire une longue promenade en bateau.»

Elle entend tout à coup la voix de Léo qui l'appelle. Il se tient au sommet de la dune et lui crie quelque chose.

Elle tend l'oreille pour mieux entendre, mais comprend d'elle-même ce qu'est le problème. Léo ne peut prendre l'outil dans le coffre à gants : elle a verrouillé les portières de la voiture.

— J'arrive ! crie-t-elle.

Vérifiant que la clé est bien dans la poche de son

pantalon, elle s'élance pour rejoindre Léo.

Ils marchent côte à côte jusqu'à sa voiture. Rosalie déverrouille les portières et ouvre celle du côté passager. Léo se penche à l'intérieur de la voiture et commence à sortir des outils de la boîte à gants.

— Est-ce qu'il y a la bonne sorte de tournevis? demande Rosalie en regardant par-dessus son épaule.

Il retire un gros tournevis rouge et, l'agitant en l'air pour qu'elle le voie bien, s'écrie gaiement:

— Oui! Victoire!

— Super!

Puis, alors que Léo replace dans le coffre à gants les objets qu'il en avait retirés, une enveloppe jaune et blanche s'en échappe et s'ouvre, laissant tomber plusieurs photos qui glissent sur le siège.

Léo les ramasse et ses yeux s'écarquillent de surprise.

— Hé!… Des photos de ma chambre! s'écrie-t-il en se tournant vers Rosalie. Où les as-tu eues?

Rosalie halète. Elle recule en trébuchant.

— Ainsi, c'était *ta* maison! s'écrie-t-elle, complètement ahurie.

Léo ferme les yeux et pousse un grognement de dégoût. Lorsqu'il les ouvre de nouveau, son regard est dur et froid.

— Il semble que je viens de me trahir, murmure-t-il. Quel dommage! Tout allait si bien.

La gorge serrée par l'angoisse, Rosalie recule d'un autre pas.

— Je me suis trahi ! J'ai tout gâché ! marmonne-t-il plus pour lui-même que pour Rosalie. Et maintenant, je vais devoir te tuer, toi aussi.

Chapitre 25

— J'ai essayé de t'effrayer, avoue Léo, les yeux sombres et pleins de colère à l'ombre de sa casquette des Requins. Puis j'ai essayé de te séduire. Tu voulais tellement croire que ce n'était pas dans ma maison que tu t'étais cachée.

Il secoue tristement la tête.

— Mais maintenant, je me suis trahi.

Avec un halètement de terreur, Rosalie se détourne et commence à courir le long de la rue.

Mais Léo la rattrape facilement.

Il la saisit par le poignet et lui tord le bras dans le dos.

— Lâche-moi! hurle Rosalie en luttant pour se libérer.

Mais lorsqu'elle sent la pointe du tournevis appuyée contre sa nuque, elle cesse immédiatement de se débattre.

— Personne ne veut me laisser tranquille, murmure Léo, son souffle chaud passant sur le cou de Rosalie. Personne ne veut me laisser recommencer à neuf.

Il remonte brusquement le bras de Rosalie dans son dos, la faisant hurler de douleur. Gardant le tournevis appuyé contre sa nuque, il la pousse sur la dune en direction du quai.

Rosalie respire avec difficulté. Son cœur bat follement dans sa poitrine.

Son regard fait le tour de la plage.

N'y a-t-il personne dans les environs ? Personne n'est-il assez près pour l'entendre si elle crie ? N'y a-t-il personne d'assez proche pour la sauver ?

Non.

Des rires et des voix joyeuses lui parviennent de l'autre bout de la plage, là où les baigneurs et les amateurs de bronzage sont regroupés.

Ici, près du petit quai, elle ne voit personne.

— Avance ! crie Léo à son oreille.

Elle sent son souffle chaud sur son cou ; elle sent la pointe dure du tournevis ; elle sent sa main et son épaule la pousser rudement vers l'eau.

— Léo ! Pitié ! gémit-elle.

— D'accord, j'ai fait des bêtises à Rochefort, marmonne Léo, sans l'entendre. Ne me les laissera-t-on jamais oublier ? Magda ne voulait pas me les laisser oublier. Magda m'a suivi pour être certaine que je n'oublierais pas. Et maintenant, toi !

— Léo, s'il te plaît, lâche-moi ! le supplie-t-elle.

— Maintenant toi ! répète-t-il dans un souffle. Maintenant toi !

D'une rude poussée, il la force à descendre du quai et la précipite dans le bateau.

Rosalie est projetée sur le plancher et atterrit sur ses coudes et ses genoux. La douleur traverse son corps tout entier.

— Qu... que vas-tu me faire ? bredouille-t-elle.

Puis elle serre les dents pour mieux supporter la douleur.

Debout à côté du bateau, il abaisse le regard sur elle.

— Je vais te donner une chance, Rosalie, dit-il doucement. Je vais te donner une chance parce que je t'aime bien. Je t'aime vraiment.

— Que veux-tu dire ?

— Je vais seulement t'emmener en bateau à quelques kilomètres de la plage avant de te jeter par-dessus bord, répond-il d'un ton désinvolte. Qui sait ? Peut-être que tu pourras revenir jusqu'à la plage en nageant.

— Je ne pourrai pas ! crie Rosalie d'une voix perçante. Je ne peux pas nager aussi longtemps, Léo ! S'il te plaît...

— Je suis désolé, dit-il en lui jetant un regard froid. Je suis vraiment désolé, Rosalie, d'avoir tout gâché.

— S'il te plaît, Léo...

Elle le supplie d'une petite voix aiguë qu'elle ne reconnaît pas. Son corps tout entier est saisi de tremblements de terreur. Le bateau s'agite sous elle.

Avec un grognement sourd, elle se relève et essaie frénétiquement d'agripper le quai.

— Laisse-moi sortir ! hurle-t-elle en tentant de quitter le bateau.

Mais Léo se déplace vivement pour lui bloquer le passage.

— Désolé, Rosalie ! Désolé, répète-t-il. Je suis vraiment désolé.

Levant les yeux vers lui, Rosalie voit tout à coup son expression changer. Il se détourne d'elle, les yeux écarquillés de surprise.

Rosalie entend un bruit de pas sur le quai, un bruit de course, un cri furieux.

Elle hurle de joie lorsque Thierry apparaît au-dessus d'elle. Son t-shirt sans manches est trempé de sueur. Ses cheveux roux sont collés sur son front.

— Rosalie ! crie-t-il à bout de souffle. J'ai… couru… tout le… Huguette m'a…

— Rosalie et moi allons faire une promenade en bateau, intervient Léo. Au revoir, Thierry.

— Non ! proteste Thierry. Pas question !

Il baisse les yeux vers Rosalie.

— Je t'ai dit que tu n'aurais pas dû aller au cinéma avec lui. Je t'ai vue avec lui hier soir. Je t'ai avertie…

— Il… il a tué Magda, Thierry ! hurle Rosalie. Aide-moi !

— Ne bouge pas, Thierry. On se reverra plus tard, dit froidement Léo, ses yeux sombres fixés sur Thierry.

Léo commence à descendre dans le bateau.

Mais Thierry lui saute dessus, entourant sa taille de ses bras puissants.

Ils luttent pendant un moment, puis Léo se libère de la prise de Thierry qui, menacé de basculer en bas du quai, se concentre pour garder l'équilibre.

Rosalie crie lorsque Léo lève le bras et plonge le tournevis dans la gorge de Thierry.

Thierry pousse un grognement de surprise.

Un filet de sang s'écoule de la blessure à son cou.

Il presse ses deux mains sur sa gorge et pousse un autre grognement de douleur et d'étonnement. Le grognement se termine en un murmure étouffé. Puis Thierry s'écroule sur le quai et cesse de bouger.

— Thierry ! Thierry ! Thierry ! hurle Rosalie.

Elle saisit un pilier du quai et tire dessus de toutes ses forces pour sortir du bateau, mais Léo, tenant toujours le tournevis sanglant, la repousse durement de sa main libre.

Elle lâche prise et tombe à la renverse sur le plancher du bateau.

Avant qu'elle puisse se redresser, Léo a sauté à côté d'elle.

— Finissons-en avec cette affaire, marmonne-t-il en faisant démarrer le moteur.

Chapitre 26

Avec un vrombissement, le bateau jaune s'éloigne brusquement du quai.

Rosalie perd de nouveau l'équilibre, retombant sur le plancher d'où elle avait presque réussi à se relever.

Mais elle est parvenue à jeter un coup d'œil à Thierry. Il est toujours étendu, immobile sur le quai.

Léo est penché sur les manettes de contrôle, marmonnant des mots incompréhensibles.

« Je dois sortir d'ici ! Je dois aller aider Thierry ! » se dit Rosalie.

Le bateau vole au-dessus de l'eau sombre.

Rosalie prend une profonde inspiration, se penche par-dessus bord et se laisse glisser dans l'eau.

Elle s'enfonce pesamment, transie de froid immédiatement tandis que l'eau froide se referme au-dessus de sa tête.

Elle descend, descend.

Elle se débat pour flotter, pour nager. Ses chaussures donnent l'impression de peser cent kilos chacune !

Le cœur battant, elle lève les bras, agite furieusement les jambes et réussit à remonter à la surface. Toussant et crachant, elle avale une grande bouffée d'air.

« Je ne sais pas où je suis », se dit-elle. « J'ai perdu le sens de l'orientation. »

Cherchant frénétiquement la plage du regard, elle tourne dans l'eau. Le quai lui apparaît soudain à quelques mètres de distance.

Rosalie prend une autre grande bouffée d'air et retient sa respiration. Le courant est fort, il la repousse, l'éloigne de la plage.

Plongeant la tête dans l'eau, elle lutte contre le courant. Elle se met à nager de toutes ses forces, à grands mouvements de bras, le grondement de moteur du bateau de Léo dans les oreilles.

Le grondement devient de plus en plus bruyant.

Il se rapproche.

Avec un hoquet étranglé, elle regarde dans la direction du bruit et voit que le bateau s'approche d'elle, qu'il *recule* vers elle en fait.

« Il va essayer de me repêcher », se dit-elle, crachant une gorgée d'eau, luttant péniblement contre le courant fort.

« Non ! Ce n'est pas ça !

« Il recule vers moi.

« Il veut me *couper* ! Il va essayer de me déchiqueter avec les hélices du moteur ! »

Le grondement devient plus fort, assourdissant ; c'est un bruit de tonnerre dans ses oreilles qui la paralyse de terreur. Elle regarde la forme jaune qui se rapproche, se rapproche, brillant au soleil.

— Non !

Le cri de terreur s'est échappé de ses lèvres. Elle plonge sous l'eau tandis que le bateau fonce sur elle.

Elle est aveuglée. Les lames font tourbillonner l'eau sombre en un épais rideau écumeux juste au-dessus de sa tête, à quelques centimètres de sa tête.

« Je ne peux plus rien voir », se dit-elle, luttant dans le courant tourbillonnant. « Je ne peux plus entendre. »

Elle refait surface pour respirer. Elle rejette la tête en arrière, s'efforçant d'y voir quelque chose.

Elle aperçoit le bateau qui tourne, qui reprend sa course vers elle, qui recule vers elle.

Les lames aiguisées, tournoyantes, créent un large sillage menaçant.

Puis se lancent à l'attaque.

Rosalie se sent soudain si lourde, si lourde.

Le courant la tire vers le bas puis la tient en place.

Elle plonge de nouveau dans les eaux tourbillonnantes, bouillonnantes.

Trop tard.

Le bateau est au-dessus d'elle.

Les lames mortelles s'approchent de sa tête.

Chapitre 27

Silence.

« Je suis déchiquetée », pense Rosalie.

« Je suis découpée en morceaux.

« Je sombre. »

L'eau s'agite et tourbillonne autour d'elle, la poussant vers la surface écumeuse.

Vers le soleil.

Ou est-ce le jaune éclatant du bateau, revenant lui couper la tête ?

Elle avale une grande bouffée d'air.

« Je respire », se dit-elle. « Je suis vivante. »

Les rayons du soleil se réverbèrent à la surface de l'eau, l'entourant d'aveuglants petits cercles de lumière.

Et puis elle entend de nouveau le grondement, elle revoit le bateau reculer à pleine vitesse.

« Non ! » se dit-elle. « Non, je ne le laisserai pas faire ! »

En un éclair, elle imagine un plan désespéré.

Tandis que le bateau se rapproche, elle voit Léo

penché sur le tableau de bord, ses yeux noirs la fixant comme un objectif, dirigeant les lames vers sa tête.

Dans un sursaut d'énergie, Rosalie plonge vers le côté à travers l'eau agitée, en dehors de la trajectoire du bateau.

Puis elle tord vivement son corps, lève les bras et attrape le bord du bateau avec ses deux mains.

« Puis-je le faire basculer ? » se demande-t-elle.

« Suis-je assez lourde pour le faire basculer et précipiter Léo dans l'eau ? »

Chapitre 28

Tenant fermement le bord du bateau des deux mains, elle tire.

Le bateau poursuit sa route, la traînant, la tirant dans son sillage écumeux.

Ses bras lui font mal. Elle tire en s'évertuant de faire basculer le bateau.

Il se penche jusqu'à un certain angle.

Rosalie tient bon, mais se rend compte que son plan n'est pas bon. Elle n'est ni assez forte ni assez lourde.

Léo la regarde de haut, une expression froide et dure plaquée sur le visage.

Il élève le tournevis dans les airs… et l'abat en visant sa main droite.

Rosalie pousse un petit cri et retire sa main du bord une fraction de seconde avant que l'outil la frappe.

Et elle est forcée de lâcher prise.

Elle s'enfonce pesamment dans l'eau glacée. Elle étouffe et se débat.

Elle réussit à refaire surface, secouant vivement

la tête pour essayer d'enlever l'eau qui brouille sa vision.

Le bateau. Où est le bateau?

«Pourquoi ne me fonce-t-il pas dessus?» se demande-t-elle.

Clignant de l'œil dans les reflets du soleil, elle aperçoit le rivage.

«Je suis si près du quai», s'étonne-t-elle.

Puis elle aperçoit les silhouettes sombres courant sur le quai.

Elle voit les armes, les fusils pointés sur le bateau jaune, qui se dirige lentement vers le quai.

Rosalie voit mieux les sombres silhouettes: ce sont des policiers.

Le cœur battant, elle se met à nager. À grands mouvements réguliers, elle se rend jusqu'au rivage.

Léo a accosté. Deux policiers en uniforme foncé s'avancent vivement pour se saisir de lui.

Tandis que Rosalie nage plus près, elle remarque des policiers penchés sur Thierry. Elle les voit l'étendre sur une civière et l'emporter.

«Comment ont-ils été prévenus?» se demande-t-elle. «Comment ont-ils su qu'ils devaient venir ici?»

Quelques instants plus tard, des mains fortes l'aident à grimper sur le quai.

— Ça va, mademoiselle? demande un jeune policier blond.

— Je suppose. Et Thierry? Le blessé que vous avez emmené sur une civière?

— Il va aller mieux. Nous avons arrêté le saignement. Il devrait se rétablir.

Et alors Rosalie aperçoit Huguette qui essaie de la rejoindre le plus vite qu'elle peut, malgré sa cheville endolorie. Son amie la prend dans ses bras et la serre longuement contre elle.

— Tu es vivante ! Tu es vivante ! J'ai eu si peur !

— Huguette… tu…, parvient à dire Rosalie.

— J'ai essayé de te prévenir, quand tu es venue me voir à l'administration, lui explique Huguette. Mais tu es partie trop vite. Tu ne voulais pas entendre ce que j'avais à te dire.

— Mais comment as-tu su ? demande Rosalie, qui commence à retrouver son souffle.

Elle repousse des deux mains les cheveux dégoulinants qui lui collent au visage.

— J'entrais des renseignements de différents dossiers, explique Huguette. Celui de Raymond Meilleur était parmi eux. J'ai lu son adresse. Il n'habitait même pas rue Alizé. Raymond n'habite pas du tout dans ce quartier-là. Alors j'ai compris. J'ai su que Léo t'avait menti. J'ai essayé de te le dire… mais tu es partie avant que j'en aie eu l'occasion.

— Alors tu as envoyé Thierry ? demande Rosalie.

— Thierry est passé à mon bureau quelques minutes après ton départ. Il te cherchait. Il était bouleversé parce qu'il t'a vue hier soir au cinéma avec Léo. Je lui ai dit où tu étais. Puis j'ai eu un pressentiment. Je ne voulais pas que tu ailles sur ce bateau avec Léo. Alors j'aie appelé la police.

— Je... j'ai failli servir de pâture aux poissons, murmure Rosalie en secouant la tête. Huguette, tu...

— Je t'ai sauvé la vie, dit son amie en souriant. Bien, ne t'en fais pas avec ça. Tu m'en seras reconnaissante seulement pour le reste de ta vie.

Rosalie frissonne. Huguette met un bras autour de ses épaules et commence à la guider vers sa voiture.

Au sommet de la dune, Huguette lâche soudain Rosalie et se penche vers le sol pierreux. Elle ramasse une casquette bleu et argent, la casquette des Requins de Léo. L'ayant secouée pour enlever la poussière, Huguette la pose sur sa tête.

— Hé! Rosalie, regarde! dit Huguette avec un grand sourire triomphant. J'ai gagné le pari!

Dans la même collection

Un mot sur l'auteur

R.L. Stine est l'auteur de plusieurs romans à énigmes pour la jeunesse, tous étant devenus des bestsellers. Parmi les titres publiés dans la collection *Frissons*, citons : *Appels anonymes, La Gardienne, Le camp de la peur, Rêve fatal, La vengeance du fantôme.*

De plus, R.L. Stine est l'auteur de tous les livres publiés dans la populaire collection *Chair de poule.*

Robert vit à New York, avec Jane, sa femme, et Matt, son fils.